— 書き下ろし長編官能小説 —

義母と義姉とぼくの淫ら新生活

桜井真琴

竹書房ラブロマン文庫

目次

※この作品は竹書房ラブロマン文庫のために
書き下ろされたものです。

第一章　義母へ背徳の行為を

1

四月のとある日曜日。

都心から少し離れた郊外の住宅地にも、満開の桜が咲いていた。

東野純也《ひがしのじゅんや》は起き抜けに、窓から散りかかる桜の木を見ていた。向かいにある公園に並ぶ桜の木が、吹き下ろす春の風によって、ピンクのカーテンをまとっているようだ。

「ふわわ……」

かすかに陽だまりの匂いを感じつつ、純也は伸びをしてからベッドを出た。

十八歳の純也は、この春から大学生だ。

実家から通えるので、引っ越しとかも必要なくて、しかも入学したばかりだから勉強するつもりもなく、気が抜けてしまっていた。

あくびをしながら階段を降りてダイニングに行こうとすると、廊下の隅に段ボールがいくつも積んであるのに気づいた。

（あれ。ふたりの荷物を運び込んだんだ。ホントに新生活がはじまるんだなあ）

まどろみの中で物音を聞いていたが、これだったのか。

この春から、もうひとつ大きな変化があった。

父親が再婚したのである。

純也が十二歳のときに、事故で母親を亡くしてから六年の間、親子はふたりで暮らしてきた。

大手の商社に勤めていた父は、忙しいはずなのに、学校の授業参観などもちゃんと顔を出してくれた。

そのことは感謝していた。

だから、再婚を相談されたときも即ＯＫした。

父が好きになったならば、新しい母を受け入れようと思っていたのだ。

（それが、まさかあんな美人を連れてくるなんて……世の中どうなってんだ）

去年の夏のことだ。

新しい母だという真理子《まりこ》と、娘の里緒《りお》を紹介された瞬間、純也は固まった。

年齢は四十二歳と聞いていたから、正直、おばさんだと思っていたのだが、実際にはまったく違ったからである。

ふんわりとした薄茶色のミドルレングスの艶髪《つやがみ》に、目鼻立ちのくっきりとした端正な美貌が、まるで女優のような華《はな》やかさをまとっていた。

目がぱっちり大きく、アラフォーとは思えぬ可愛らしさがキュートだった。だけど、笑うと口元の下の小さなほくろが強調されて、ぐっと色っぽくセクシーな雰囲気になる。

さらに連れ子の里緒はこれまた真理子とはタイプの違う美形で、二十四歳のＯＬ。切れ長の目が特徴的なクールビューティで、ロングヘアと相俟《あいま》って、これまた近寄りがたいくらいの美人なのである。

(なんだか緊張しちゃうな)

真理子と里緒は、この家と、それまで住んでいたマンションとの往復を余儀なくされていた。

ふたりとも忙しく、なかなか荷物の整理ができなかったのだ。

だが、その荷物がここにきているということは、いよいよふたりはこの家に住むことになったということを意味している。

地味で目立たない、女にモテたことのない純也にとって、こんな美人母娘と暮らすのは夢のような生活、というわけである。

ダイニングに顔を出すと、里緒はパジャマ姿で食卓の椅子に座り、オムレツにサラダの朝食を取っている。

たいてい里緒の朝はこのメニューだ。

女の人って、これぐらいしか食べないのかと初めて見たときは驚いた量である。

「り、里緒ねえ。おはよう」

声をかけると、里緒はクスッと笑った。

「なあんで声が裏返ってるのよ。しかしすごい寝癖ね。純也、髪の毛を乾かさないで寝たんでしょう？」

「え、そう？」

頭を触ってみると、しっかりと一部分だけ髪の毛が逆立っていた。

うわっ、と心の中で思った。

母と姉のふたりの前では、かっこつけた姿でいようと思っているのに、いきなり崩壊である。

「ウフフ。髪を乾かさないで寝ると傷《いた》むわよお。将来、はげるかも」

父親は五十歳だが、すでにかなり額が広くなっている。

遺伝を考えると笑えない事態だ。

「は、はは……気をつけるよ」

「それと、今日は帰ってきたら手伝ってね、荷ほどき」

「い、いいよ。了解」

答えると、里緒は目を細めて、じっと見つめながら口を開いた。

「あんた、女の人苦手すぎよね。今夜、おねーちゃんが教えてあげよっか？」

義姉が茶目っ気たっぷりにウインクしてくる。

カアッと顔が熱くなった。

「お、教える？」

「そうよ、純也がちゃんと女の子とつきあえるように。で、大学で好きな女の子とかできた？」

朝からぐいぐいくるなあ。

最初はこの勝ち気で物怖じしないフレンドリーな性格にたじろいだものの、今はこれでもだいぶ慣れてきた。

純也は向かいの席に座り、コップに水をつぎながら答える。

「ま、まだ大学通って数日だよ。そんなのいるわけないでしょ」

「へえ。できたら、おねーちゃんに見せなさいよ。査定してあげるから」

そう言って、里緒はまたサラダを口に運ぶ。

(里緒ねえの査定って、ハードル高すぎでしょ。里緒ねえの顔とプロポーションを見たら女の子がみんな落ち込むよ、マジで)

里緒の美人っぷりは半端ない。

十人の男がすれ違ったら、十人ともが振り向くだろうオーラがある。

栗色のストレートのさらさらロングヘアで、その落ち着いた風貌と相俟って、ずいぶんと大人の女性を感じさせる。

可愛い感じの義母の真理子と、キレイ系の義姉の里緒は、親子でありつつもまったくタイプが違う。共通しているのは芸能人ばりの美女ということである。

(いや、もっと別のところも共通してるよな)

水を飲みながら、ちらりと里緒の胸元を盗み見る。

ゆったりしたパジャマなのに、胸のふくらみがはっきりとわかる。

そして、ちょっと前屈みになると、ふわふわの谷間がばっちりと見えた。

（り、里緒ねえ、おっぱいが覗けてるってば……）

見ないようにしようと思うほど、意識してしまう。

ブラウスを身につけたときなど、そのツンと上向いた美乳の形が浮き立って、張りのあるバストのふくらみは暴力的ですらあるのだ。

胸だけではない。腰はキュッと細くてお尻も大きい。プロポーションのよさは母譲りだと思う。

「あっ、だめだ。今日は江梨子《えりこ》の家に泊まるんだった」

里緒がそんなことを言い出した。

本気で何かモテる秘訣でも、今夜教えてくれるつもりだったんだろうか。

「別に教えてくれなくてもいいよ。そのうち、ちゃんと彼女くらいつくるから……」

「ねえ、あんたって、童貞よね」

ぶっ。

「げほっ、げほっ」

うららかな春の日の朝の食卓に、いきなり下世話なワードをぶち込まれて、純也は水を飲みつつ、噎《む》せた。

「あはは。わかりやすいわねえ。うーん、やっぱりそのへんも、おねーちゃんが教えないとだめか」

里緒がニヤニヤと笑っている。

「い、いいよっ。何を言ってんだよ」

慌てて意味もなくスマホを取り出して、取り繕《つくろ》う。

(里緒ねえって、陽キャだよなあ。学生時代に一回も交わらなかった、きらきらしてる人たちだ)

純也は母親がいないことをコンプレックスに思っていた。

父親はよくしてくれたと思うけど、なんだか自分は人とは違う感じがしていて、それで他人と話すときもどこか自嘲ぎみだった。

特に女性は苦手だったから、童貞どころかキスすらしたことがない。

「純くん、おはよう。スマホはしまいなさいね。里緒と同じものでいいかしら?」

朝食のプレートをキッチンから持ってきた義母の真理子が食卓に顔を出す。

顔をあげた純也は、ぬわっと目が点になった。

真理子が着ていたのはワンピースタイプの薄い寝間着で、身体のラインや、パンティまでが透けて見えたのだ。乳房のぽっちも見えるからノーブラだ。

「ママ、まだ着替えてなかったの?」

里緒が呆れた声を出した。

「だって家の中よ。だめ？」

真理子がプレートを置いてくれる。里緒とは違い、トーストも乗っている。

新しい母から、ふんわりと甘い匂いが鼻孔をくすぐってきた。

女性特有のミルクのような体臭が混ざった、ココナッツのような甘い香りだ。里緒もいい匂いがするけど、こっちの方が濃厚だ。

女性の匂いに弱くて一瞬でうっとりしてしまい、すぐにハッとなる。

「あ、すみません。いただきます」

「ウフフ。純くん、そんな他人行儀でなくていいから」

そう言って真理子は愛らしく笑う。

「は、はい」

「私たち、純くんのホントの家族になりたいのよ。急がなくてもいいから少しずつね」

優しい言葉をかけてくれるのが、何よりもうれしかった。

それでも、胸のぽっちに目が吸い寄せられてしまう。

それを察してか、里緒が言った。

「あのね、ママ。思春期の男の子って、すごい想像力豊かなのよ。ママって、自分のことアラフォーのおばさんと思ってるけど、純也には目の毒よ。わが母ながら、ママって可愛いし。今晩あたり、オカズにされちゃうんじゃない？」

里緒がこっちを見てニヤニヤした。

(な、何もそんなこと言わなくてもいいのに。当たってるけど……)

真理子と視線が合う。

口元の小さなほくろが、なんともセクシーだ。いいお母さんだと思うのに、四十二歳の熟れきった大人の色気がそれを凌駕する。

「そうなの？　じゃあ今度から気をつけるわね。ウフフ」

真理子はまったく気にする素振りを見せずに、

「あ、そうだ。お箸《はし》ね」

と、キッチンに戻っていく。

(可愛いな、お母さんって……)

ついつい真理子の後ろ姿を見てしまう。

髪留め用の大きめのカチューシャと小さなピアスが、可愛らしい熟女によく似合っている。

ゆったりした寝間着でも、腰の細さがよくわかる。

だが、ウエストから急激にふくらむヒップはすさまじい量感で、寝間着の生地が薄いので歩くたびに左右の尻たぼが、くなっ、くなっと揺れるのがエロすぎる。

視線を感じて、里緒のほうを見る。

じろりと目を細めていて、純也は「ひいぃ」と心の中で悲鳴をあげた。

「なーんか、今……ママを襲っちゃいそうな目、してなかった？　やっぱりおねーちゃんが教えておいた方がいいのかしらねえ」

「何を教えるの？」

真理子も自分のプレートと箸を持ってきて、食卓に加わった。

「ママが襲われる前にね……」

「あ、あのっ。お母さん、オムレツ、今日のはかなり美味《おい》しいね」

とんでもないことを里緒が言い出す前に、純也は話を遮《さえぎ》った。

「うふっ。わかった？　ちょっと砂糖を多めにしてみたのよね。あとはホイップクリーム。さすが、料理ができる子はわかるのねえ」

適当だったので、当たって驚いた。

言われてから改めてオムレツを口に運んでみると、確かに甘さがあって、しかもふわふわだ。

（元キャビンアテンダントで、コンサルもやってたのに、料理もうまいなんてすごいな）

真理子の方は女手ひとつで里緒を育てたわけだが、おっとりしてても芯は強いんだなあと、その辺は娘と共通してるのかなと思う。

「里緒はね、もう美味しいとか、何にも言ってくれないのよ。だから久しぶりに褒められてママもうれしいわ」

「えー、いつも感謝してるわよ」

里緒が反論する。

「はいはい。でも、それならたまには口に出しなさいね」

真理子もサラダを口にする。

里緒はフォークを置いて、口元をナプキンでぬぐった。

「あれ、そういえばパパって、今日もまだ出張中なの？」

「そうよ。あ、そうか。あなたも今日はいないのね？　夕食もなしでいいの？」

「うん、いらない。あーあ、お母様の美味しい夕飯が食べられなくて、ざーんねん」

里緒がからかうように言う。

真理子が苦笑した。

「そういうところ、誰に似たのかしら」

「ママでしょ」

ふたりの掛け合いを見て、純也はジーンとした。

家族としては当たり前の光景かもしれない。

だけど、今までは男やもめってヤツで、女っ気ゼロだったから、こんな華やかで弾《はず》んだ会話はなかったので、なんだかくすぐったくなってしまう。

「ねえ。今度、純くんに何かつくってもらおうかしら」

義母が慈愛に満ちた笑みを見せてくる。

「あ、いいね。私にもつくって」

「あなたは純くんに少し料理を習ったら？」

「えー、いいよ。私、料理のできる旦那をつかまえるから。ごちそうさま」

里緒は食べ終えたプレートを持って、キッチンに行く。

真理子はやれやれと言いつつ、こちらを向いた。

「ねえ、純くん。今日は私も遅くなるの。夕食はつくっておくから」

「わかりました」

丁寧に返事をすると、義母が可愛らしくむくれた。

「他人行儀はだめっ。わかった、でしょ」

「あっ、わ、わかったよ」

ぎこちなく言うと、真理子はうんうんと頷いてくれた。

母も姉も、やり方は違うけど、家族になろうとしてくれてるんだと思うと、感謝するしかない。

それなのに下半身が熱く火照《ほて》っているのが、どうにもやるせなかった。

2

大学に行って夕方に帰ってくると、母の真理子は出かけていたが、夕食を用意してくれていて感動してしまった。

父親とふたりのときは、こちらがつくる係であった。

(手料理が置いてあるって、いいもんだなあ)

純也はつくってもらったハンバーグを食べてから、リビングのソファに座ってしばらくテレビを見ていた。

だが、あまり見たいものもなく、テレビを切ってからタブレットでインターネットを眺めつつ、ふたりのことをぼうっと考えていた。

（お母さんに、里緒ねえ……ふたりとも優しいよ。それなのに）

だが思い出されるのは、今朝のふたりの扇情的な格好だった。

里緒はパジャマという格好だったけれど、胸元を広げていて、おっぱいを覗き見る純也をからかっていた。

真理子の方がもっと問題だ。

豊かなバストの深い谷間や悩ましいお尻の形、さらにパンティのラインが透けて見えるなど、十八歳の童貞には刺激的すぎた。

（四十二歳か……確かにおばさんという年齢だから油断するのもわかるけど、お母さんは普通じゃないんだよな）

純也にとって、真理子は十分に性的な対象だった。

いいお母さん的な雰囲気をまといつつ、口元のほくろは色気ムンムンで、身体つきはやたらグラマーでエロいのだ。

そんなギャップが、純也をイケナイ妄想に誘ってしまう。

（うーん。思い出すだけで股間が……）

正直言うと、真理子の下着姿や里緒のミニスカート姿を脳裏に焼きつけて、自分で処理したことは一度や二度ではない。

(……やっぱりガマンできないや。ごめん、お母さん。お母さんで抜くね)

今やAVコレクションは手つかず状態だった。だから小遣いがそこにまわらないのはいいのだが、その代わりが新しい家族というのは健全ではないなあと思う。

で、自分の部屋に行こうとしたときだ。

玄関ドアが開く音がして、

「純くん、ただいまあ」

真理子の声がして、ドキッとした。

(あ、お母さん。もう帰ってきたんだ……でも今、声がヘンだったよな)

訝《いぶか》しんでいると、リビングにふらふらと入ってきた。

声がおかしかった理由は、真理子の顔を見てすぐわかった。

ライトブルーのコートを着ておめかししていた真理子は、顔がピンク色に上気していて、かなり酔っているようである。

「ウフフ。純くん、ご飯食べた？」

舌足らずな声で真理子が訊《き》いてくる。

「え、あ、はい」

純也が答えると、真理子は満面の笑みを浮かべて、コートを脱いだ。

ピンクのVネックニットと、濃紺のタイトミニスカートだった。ニットはブラがうっすらと見えるほどの身体にフィットしたもので、胸の形が丸わかりだ。

タイトミニから伸びる太ももはムチッとして、ほどよく脂《あぶら》が乗っている。

（またお母さん、こんなセクシーな格好で出かけて……）

カアッと脳が灼《や》けた。

嫉妬の熱だ。家族への心配というよりも、好きな異性への苛立《いらだ》ちである。

「大丈夫？　結構飲んでるよね」

「うん。ごめんね。ＣＡ時代のＯＢ会があったんだけど、私が再婚したから盛りあがっちゃってね。で、女子会のはずだったのに男性社員もいて、『おめでとう』ってビールをつがれて。また飲みましょうって何度も誘ってくるのよ」

真理子はソファに深く腰かけて、ぱたぱたと手で顔をあおいでいる。

純也はため息をついた。

（飲みましょうって……間違いなくお母さん狙いだよな）

これほど美人の母である。

スケベなおやじたちが酒に酔わせて、乱れた姿や、熟れ頃の肉体を見たいと考えたに違いない。いや、それ以上のことを考えているかも……。

「お母さん、お酒弱いから気をつけてよね」

グラスに水を入れて、持っていってやる。

真理子は一息にそれを飲み干してから、クスクスと笑った。

「心配してくれてるの？」

「しますよ。じゃなかった、するよ。だって家族だし……」

だってお母さんはキレイだし、と言おうとしたが、へんな空気になりそうだと思って口ごもった。

「ありがと。ウフフ。でもお母さんっていうのも、なんか他人行儀ね。わかった。今日からママって呼んでね、純くん」

「へ？　ママ？」

「そうよ。はいどうぞ」

「えっ……マ、ママ……」

「ウフフ。よくできました」

真理子が身を乗り出して、頭を撫でてくる。

間近で見ると、余計に色っぽかった。

頬が上気して、ぱっちりした目がアルコールのせいでとろんとしている。睫毛《まつげ》の長い二重《ふたえ》の瞳が酔いもまわって濡れ光っている。

(ホントに可愛いよな、お母さんって、いや、ママか)

双眸《そうぼう》がバッチリと大きくて黒目がちで、表情が柔らかくてほんわかしている。

肩までのライトブラウンの艶髪がさらさらと絹のようで、目線を下げれば、悩ましいほどの大きな胸だ。さらにタイトミニから覗く太ももは肉感的ときている。

(綺麗な脚だよなあ。すらっとして。でも、お尻や胸はしっかりと出ていて……だめだと思ってもどうしても意識しちゃうよ)

真理子は眠そうに目をこすっていた。

ちょっと目を離してから見ると、ソファに座ったまま、こっくりこっくりと頭を揺らしはじめていた。

「お母さん……じゃなかった、ママ？」

肩を揺すってみた。

「あ……ごめんね、純くん。うーん、やっぱりちょっと飲みすぎたみたい……寝室につれてって」

「えっ。あ、うん」

(いいの？　って、息子なら母親を寝かせるのも当然だな……)

息を整え、なるべく平然とした表情で、

「じ、じゃあ立って」

と言うと、
真理子は「うーん」とうなって、ソファから立ちあがるも、ふらふらした足取りで倒れそうになる。

支えようとしたら、向こうから抱きついてきた。

(う、うわっ、うわわ)

女体の温《ぬく》もりと、むにゅっとした柔らかさに童貞の身体は固まった。

乳房のふくらみが押しつけられている。

(女の人の身体っ！　や、柔らかいっ。ああ、ママのおっぱいの感触……思ったよりも、ふにふにしてるッ)

「ううん……」

真理子が肩に頭を寄せてくる。

お酒の甘い匂いに交じって、濃厚な女の匂いが鼻先をくすぐってくるので、一気に興奮が下腹部に集中していく。

まずい、と腰を引きつつ、いつまでも抱いていては不審がられるので、肩に手をまわして義母の身体を支える。

「ごめんねぇ、純くん」

と、耳元でささやかれる。

アルコールを含んだ温かい呼気が純也の首に吹きかけられた。

(お酒の匂いすごいな、こっちまで酔っちゃいそう)

細い腰を抱き、

「じゃ、じゃあ、行くよ」

真理子を左側に置いて、引きずるようにリビングを出て、なんとか奥の寝室のドアを開けて電気をつける。

蛍光灯が瞬《またた》き、真理子は眩《まぶ》しそうに顔を下に向ける。

すると、ベッドがあったのを認識したらしく、そのままうつぶせで倒れ込んでしまう。

「あっ、ママ！　ちょっと、そんな格好で寝たら……」

そこまで言って、純也は息を呑んだ。

真理子のタイトミニが大きくまくれて、ストッキングに包まれたゆたかな太ももが際どいところまで見えたのだ。

ドキドキしていると、義母が顔を横に向けて薄目を開けた。

「ねえ、純くん、もうだめ……私。お願い、ママのスカート脱がせて……」

甘えるような可愛い声でせがまれた。

固まった。

「は？　え？　な、何？」

聞こえなくてもう一度訊くと、真理子はベッドにうつ伏せたまま、

「うーん、だってえ……パンストが締めつけてきて苦しいの……このまま寝ちゃいそうだし、自分じゃ脱げないから、ママの服を脱がせてほしいの。お願い」

真理子はとんでもないことを言い出してから、むにゃむにゃと寝言をつぶやき、そのまま目をつむってしまう。

すぐに、すうすうと可愛い寝息が聞こえてきた。

（ね、寝ちゃったよ……）

うろたえた。

たまらなく、うろたえた。

（真理子さんの、いや……ママの服を僕が脱がせる……下着姿にする……）

パンと張りつめたヒップを眺めた。

スカートがピチピチに張りついており、お尻の悩ましいカーブがタイトミニの生地を通してもはっきりとわかる。

はちきれんばかりの巨大な双尻は、震いつきたくなるほどに肉感的で、うっすら浮いて見える深い尻割れとも相俟って、あらぬ妄想をかきたてられる。

（言われたんだからな。仕方ないんだからな……脱がすぞ……ママを……まずスカートを脱がせる……）

心臓がバクバクした。

耳鳴りもすごい。股間が痛いくらいギンギンだった。

（い、いいのかな？　でもママは息子だから信頼して頼んだんだろう……）

その思いに報《むく》いねばと、なるべくヒップに触らぬように、そっとタイトミニを脱がせにかかる。右側にホックがあったので、それを外してスカートを引っ張る。

（お尻が大きすぎて、脱がせられない）

仕方なしに、ウエストの部分をつまんだ。

臀部が手のひらに触れる。

その瞬間、頭の中で何かが切れた。

気がつけば、義母のヒップの丸みをそっと撫でていた。

(こ、これがママのお尻の感触……)

ボリュームある肉感と弾力が、手のひらを通して伝わってくる。

カアッと頭が灼けるように熱くなった。

(再婚したばかりなのに、男にお酒を飲まされて……悪い母親だよ)

真理子を渡したくないという嫉妬だった。

純也は思いきって、真理子のタイトミニスカートをズリ下ろした。

眼前の光景に、息がとまる。

視界からハミ出さんばかりの巨尻は、想像以上のボリュームだった。

(す、すご……マ、ママのパンティ、白なんだ……)

清楚な白は、上品で可愛い義母に似合っている。

つやつやした光沢あるパンストとパンティが、女性の下半身の色っぽさをより際立たせている。見ているだけで息苦しくなり、勃起が硬くなる。

手を伸ばして、そっと義母の太ももに触れた。

すべすべしたナイロン生地の感触と、ムチムチした太ももの弾力がたまらない。

少しずつ手のひらを上へ這いのぼらせていく。

上にいくにつれ、真理子の太ももはますます充実していき、妖《あや》しい熱っぽさを帯びてくる。

ハア……ハア……。

（たとえ義理でも、母親をイタズラして興奮するなんて……）

優しく接してくれた新しいママに邪《よこしま》な気持ちを持ってはいけないと知りつつも、熱い感情をとめられない。

パンティストッキングの上端を持ち、引っ張った。

なめらかに伸びて、引っ張ったら切れそうだ。慎重に脱がせていくと、ナマの太ももと白いパンティがあらわになっていく。

パンティストッキングを爪先から抜き取り、義母の下半身をパンティ丸出しという破廉恥《はれんち》な恰好にさせてしまい、純也は息を呑んだ。

（うわあ……っ。お尻……ママのお尻……す、すご……おっきくていやらしい）

もう股間が疼《うず》いて、どうにもならない。

純也はそっとお尻に顔を寄せて、パンティの上から頬ずりした。

（や、柔らかい……）

さらに鼻先をヒップの下部に押しつけ、匂いを嗅いだ。

(すうう、はあぁ……す、すごい……濃い匂い……これがママのアソコの匂い)

可愛らしい熟女でも、こんな匂いをさせているのだと驚いてしまう。ずっと嗅いでいると肉茎がズキズキと脈動してきて、理性では抑えられなくなってきた。

3

(ママのアソコを嗅ぐなんて。僕はなんて大胆なことを……)

そう思うのに、香水では隠しきれないツンとした匂いが鼻先に漂ってくると、もうどうにもならなくなった。

獣《けもの》じみた、濃い淫臭だった。

さらに鼻先をくっつけてみれば、わずかな湿り気すら感じとれる。

あの上品で清楚な義母が、こんないやらしい匂いをさせている。

そのギャップが童貞をどうしようもなく昂《たか》ぶらせる。股間がズボンを突き破りそうなほど興奮して、ハアハアと息苦しくなっていく。

(ごめんね、ママ。今日だけだから。こんなチャンスは二度とないだろうし)

真理子の足首をつかみ、静かに肩幅に広げた。

うつぶせのまま、下半身はパンティ一枚にされた美熟女の股ぐらに、純也は震える指を持っていって撫でさする。

指先に、ぐにゃっとした熟女の恥肉の感触が伝わってくる。パンティ越しだが、初めて触れた女性の恥部だった。

(熱くて、柔らかい)

夢中で義母の股間を二本の指でしつこく撫でさすった。

パンティ越しに、くにゅ、くにゅ、と柔らかく沈み込む箇所をなぞると、

「んっ……！」

と、わずかに真理子は声を漏《も》らし、腰をもじつかせる。

純也は慌てて手を離すも、真理子の表情を見ると眠ったままだった。

(あ、あぶないっ……強くしちゃだめだ)

今度はそっと指でクロッチを横にズラした。

繊毛の奥にワレ目が見えた。

(す、すごっ……これが女の人の……ママの、おまんこ……)

初めての女性器を目の当たりにして、もう頭が沸騰しておかしくなりそうだ。

深呼吸して、瞼《まぶた》に焼きつけようと、じっくり眺めた。

(外は色素の沈着で、ちょっとだけ肌のくすみがあるけど、ワレ目の中は鮮やかなサーモンピンクなんだ……あれ?)

おそるおそる、慎重にスリットに指をつけてみた。

(ぬ、ぬるぬるだ! 濡れてるっ。でも、起きないな。もうちょっと、触ってみたい……ほんのちょっとだからね、ママ)

もう口から心臓が飛び出しそうだった。

パンティの内側に滑らせた指先に、熱くねばっこい湿り気を確かに感じた。

(や、やっぱり。ママがアソコを濡らして……僕が今、お尻とか触ったからかな?)

違うだろうなと思いつつも、昂ぶるままに中指と人差し指で直《じか》にワレ目をこすってみる。

「ううん……」

と、真理子がくぐもった声を漏らして、寝返りを打って仰向《あおむ》けになった。

(起きる気配はないな。でも今、反応したぞ。も、もしかしてママって、眠ったまま感じてるの?)

頭の中が熱を帯び、耳鳴りがする。

新しい母に、こんなイタズラをしてはいけない。そう思うのにもうとまらなくなって、どんどん先に進めたくなっている。

右手の指で、さらに魅惑のスリットをまさぐる。

すると陰唇が大きく開き、指が温かな女の中に、ぬるりと嵌《は》まり込んでいく感触があり、

「んうう、んふん……ああんっ……もっと……」

真理子が目をギュッとつむり、ハアハアと息を荒げはじめる。

(す、すごい……僕、ママのアソコに指を入れてるっ……しかも、今、ママは『もっと』……って、言ったぞ)

もっとして、という言葉は、仮に寝言でも、純也にとっては許しの言葉に思えた。

(いいんだ。もっと触っても……)

女のアソコの感触は、感動に満ちあふれていた。

(あったかくて、ぐちゃぐちゃして……それに柔らかく襞《ひだ》が動いて、キュッと指を食いしめてくる。これがおまんこなんだ)

膣《ちつ》穴の中で軽く指を抜き差しする。

それだけで、指に蜜がねっとりとまとわりついてきた。

(愛液……女の人の……ママの感じたときの牝汁……)

膣穴から指を抜き、そっと鼻先に持っていく。

すんすんと嗅いでみると、ツンとするキツい匂いがした。生々しくて、獣じみた匂いだったので、びっくりした。

(いけないのに……ママのエッチな匂いでドキドキする)

そう思いつつも、おそるおそる舌を伸ばし、指先をちょっと舐《な》めてみた。

(うっ！)

ぴりっとくる濃厚な甘酸っぱさに、純也は顔をしかめた。

(はっ……はっ……す、すごっ……ママの愛液の味。はぁぁ、たまらないっ……)

女性のもっとも淫らな部分を味わった衝撃に、くらくらした。

思っていたものとはまったく違う、強い酸味だった。

だがその強烈な牝の味は、股間の奥を燃えるように刺激して、熱い疼きをさらに広げていく。

もっと。

もっと触りたい。ママを味わいたい。

その一心で、もう一度、指を膣内にくぐらせて奥まで挿入すると、ふくらんだ部分

があった。そのざらついた部分をこすると、

「あっ……あんっ」

真理子が眠ったままシーツをつかみ、ぶるっ、ぶるっと小刻みに震えた。

(え？　な、何？　ママ、どうしたの？)

戸惑うも、ここが感じるのだろうかと、さらにこすると、真理子はいっそう強くシーツを握りしめて、

「ンン……ッ」

と、眠りながらも、せつなそうに声を漏らして身悶えする。

熟女の肉襞が、ざわつきながら収縮をはじめた。奥から新鮮な愛液が漏れ出して熟女の白いパンティを汚していく。

(くうう、す、すごいっ。こんなにアソコって濡れるんだ……も、もう……だめだっ、だめなのに……ッ。ママ、ごめん)

異様な興奮に包まれる。

純也は自分のジャージの下とパンツを脱ぎ飛ばした。

イチモツが臍《へそ》までつきそうなほど、大きくそり返っている。

先はガマン汁で先がべとべとだ。

純也は膣口から指を抜き取ると、その震える手で、真理子のパンティを剝《む》き下ろしにかかる。

蜜を吸ってぬるぬるになった純白のパンティを爪先からするっと抜き取ると、ふっさりとした茂みが目の前に現れる。

(くうう……マ、ママの、おまんこだ……)

真理子は上半身だけ服を着て、下半身丸出しという恥ずかしい格好にされて、仰向けで眠っている。

ニットも脱がせて、おっぱいも見たかった。

だけど、もうそんな余裕もない。

眠ったまま淫らな格好にされている真理子を見つめ、純也はハアハアと息を乱しつつ、右手で手コキをはじめてしまう。

(ごめん、ママ……ママを汚すよ)

先走りの汁が垂れ、ぐちゅ、ぐちゅ、という手淫の音が大きくなる。

(もっとママを……味わいながら、射精したい……)

純也は唾《つば》を呑み込み、ベッドにしゃがんで義母の太ももの裏側に手を入れた。そうしてムッチリした太ももをグイッと持ちあげ、左右に大きく広げる。

(アソコがばっちり見えるッ……)

M字開脚させた中心部に、ピンク色の亀裂がうっすらと見えていた。

生々しい匂いが漂ってくる。

(ママの洗ってない、おまんこの香り……生魚みたいな強烈な匂いだ)

頭が痺れきっていた。

純平は、熟女の秘めやかな部分に顔を寄せ、舌を伸ばしてワレ目を舐めた。

「ああンっ……」

ベッドの上で、眠ったままの真理子がググッと上体をのけぞらせる。

塩気が濃厚な狭間《はざま》を舌でねぶると、上方に粒があった。

(ここがクリトリスかな……？)

無修正のアダルト動画を見たことあるが、もちろんナマは初めてだ。ここがすごく感じる部分だと聞いているが果たしてそうなのか？

半信半疑でぷっくりした肉芽を、ねろりと舌で舐めあげると、

「ンンン、くぅっ……！」

真理子はビクンッと肢体を震わせて、いやらしく腰をよじらせる。

(ホ、ホントだ。ホントにクリトリスって感じるんだ)

たまらない。

もっとママの感じた顔を見たいっ。眠っているままでいいから……。

純也は舌先をぐっと亀裂の奥まで差し入れて、びちゃびちゃに濡れきった女の内側からしつこく舐めあげた。

「く……ンンッ……んっ、んっ……」

眠っているのに、真理子は眉をひそめて感じた顔を披露している。

(ママの感じている顔、色っぽい……ああ、欲しいよ。ママが欲しい)

暗い衝動がうねりをあげる。

真理子のアソコをねろねろと舐めながら、純也は自ら猛烈な手コキを続けた。

あっという間に射精感がこみあげてきた。

(ああ、ママ……ママ……)

意識のない女性を、玩具《おもちゃ》のように扱っていることに背徳の興奮が高まる。

だめだ。

身体が熱くなり、会陰《えいん》部がひりついた。

(くううっ……で、出るっ)

切っ先を真理子の下腹部に向けると、

勃起の先から「ぶしゅゅゅっ、びゅるる」と、音がしそうなほど激しく、濃厚な白濁が弾《はじ》け飛んだ。

（き、気持ちよすぎ……頭、おかしくなりそう……）

脳天がとろけるほどの愉悦《ゆえつ》だった。

欲望の飛沫《しぶき》は、義母の下腹部やニットに白濁のたまりを大量につくっていく。

（ああ……ママが僕の精液だらけにされていく……）

背徳の快感はどこまでもふくれあがる。

（こんな射精、初めて……き、気持ちよすぎて、意識が……腰が……）

腰の骨がとろけてしまったような感覚で、純也はそのまま寝ている真理子の横に突っ伏すように倒れ込んだ。

ハア……ハア……。

数分、放心していただろう。

純也はハッと気づいて枕元のティッシュで、真理子についた精液を慎重にぬぐった。

義母の身体から、プンと濃厚な栗の花の匂いが漂っている。

（ごめん、ママ……ママをエッチなおかずにして……）

罪悪感がすごかった。

それでもまだ、肉棒は硬いままだ。欲望がみなぎっている。

（つ、次は……ママのおっぱいも……いや、素っ裸にして……そうだ、写真も……）

と、思った矢先だった。

下の階から、

「ただいまー！」

という、里緒の元気な声が聞こえて、純也は慌てて眠っている真理子に布団を被せて、自分のパンツとズボンを穿き直すのだった。

4

（新生活がはじまったばかりなのに……僕はとんでもないことを……）

昨晩、友人の家に泊まるはずだった里緒が、その友人の都合で泊まらずに帰ってきたことで、真理子へのイタズラはエスカレートせずにすんだ。

だが自室に戻ってからは、自省の念で一睡もできなかった。

もしあのイタズラ行為がバレたら、母と姉との関係はすべて終了である。

なんであんなことをしたんだろう。

信じられない。

そんなことを思って、布団の中で悶々としていたら、いつの間にか朝日が部屋に差し込んできた。

（ママと顔を合わせたくない）

昨日の新生活がはじまるという高揚した気分とは、真逆である。

下に降りたときだった。

「キャッ！」

悲鳴が聞こえてリビングに向かい、少しドアを開けてそっと中をうかがうと、食卓の前で真理子と里緒が話していた。

「ちょっと里緒。どうしていきなりママのお尻なんか触るのよ」

エプロンに、フレアスカート姿の真理子が、自分のヒップをさすりながら文句を言っている。

「だっていいお尻してるんだもん。特に今朝はすごく充実してるっていうか、妙に色っぽいのよねえ。パパがいないのに、なんで？」

里緒はまた真理子のヒップに手を伸ばすが、ぴしゃりと叩かれてしまう。

「もうっ、里緒ったら。やめなさい」

（いいなあ、こういうママと娘のじゃれ合いって……）

ずっと隠れているわけにもいかないので、中に入ろうとした。

「純くんがいる前では、そういうこと言わないでね」

（え？）

名前が出たので、とっさに入るのをやめて、ドアの隙間からまた覗く。

里緒が、

「えー？」

と不満な声を出して、呆れた顔をした。

「あのねえ、ママ。純也って今、十八歳よ。こういうのは隠さず、普通に会話した方がいいって。その方が純也も気楽でしょ。昨日だって、童貞だから教えてあげようか、って言ったら楽しそうだったし」

「……あなた、そんなこと言ったのね、だから純くん、昨日の夜……」

真理子がそこまで言って、ハッとした顔をしたのが見えた。

「何、ママ。昨日の夜って……もしかして、ママって、ホントに純也に襲われちゃったの？」

里緒の言葉を聞いて、息がとまった。

真理子が目を吊りあげる。

「何をバカなこと言ってるの。あるわけないでしょ、そんなこと」

「えー、でも、ありそうだなあ。無防備な格好は気をつけてよね。で、パパとはいつからセックスしてないの？　パパは出張ばかりだから寂しいでしょ」

「朝からそんな話はしません。さっさと食べなさい」

「はいはい」

そこで会話は終わったが、ちょっと気になった。

（今、ママ、昨日の夜、僕がって何か言いかけてたよな……まさか……昨日のあれ、ママは起きてたんじゃ……）

いきなり怒濤《どとう》の不安がやってきて、目の前が真っ暗になった。

（ど、ど、ど、どうしよう……）

だがいつまでも隠れていられないので、今来た風を装い、ふたりに姿を見せた。

顔が熱い。

心臓が痛い。

「あ、あの……お、おはよう……」

「おはよ。なあに、純也、今日は目が真っ赤じゃないの。寝不足？」

里緒は、いつもどおりに話しかけてくる。

「う、うん、まあ……」

食卓につくと真理子がやってきた。

「おはよう、純くん。昨日はごめんね、酔って帰ってきたのは覚えてるけど、そこから先、まったく記憶がないのよね。今日は大学早いんでしょ。急いで食べなさい」

プレートを置いてくれた真理子は、いつもと同じように笑顔で迎えてくれた。

だが、意識してるからなのか、ぎこちないようにも思えてくる。

(うーむ、どっちなんだろう……)

とにかく昨日の行動は反省しないとな、と思いつつ、真理子をチラチラと見ながらパンにかじりつく。

なんだか自分の中で不安な新生活のはじまりだった。

第二章　ママの禁断おしゃぶり

1

その日の夜。

純也はベッドで横になりつつも、今朝の真理子の反応が、どうしても気になって仕方なかった。

起きていたのか？

それともこちらが意識しすぎて、ヘンに見えていただけか？

いろいろ考えながらも目をつむって、うつらうつらしていた、そんなときだった。

「純くん、ちょっといいかしら？」

ドアの向こうから声をかけられて、純也は飛び起きた。

「い、いいよ」

声をかけると、真理子が入ってきた。

薄手のワンピースタイプの寝間着で、透け感はないから、いつもよりは露出が少ない格好だ。

髪はアップにして、ナチュラルメイク。

笑みを浮かべているのだが、なんだか妙に恥ずかしそうだった。

「ど、どうしたの？　お母さん」

「うん。ちょっとね」

と言って、真理子もベッドに座った。

（き、昨日のことだよな……絶対に……）

そう思うと、もう目が向けられない。

「純くん」

「う、うん……何？」

ちょっと間があった。

そっと顔をあげると、真理子は目の下を赤く染めて、伏し目がちにためらうような表情をしていた。

「お母さん、いいよ、言って」

思いきって純也から切り出した。

真理子は顔を赤らめつつも、唇を尖《とが》らせる。

「純くん、またお母さんって……昨日の夜、ママって呼んでって言ったでしょ」

その言葉に、純也はガーンと頭を殴られた衝撃を受けた。

「……昨日の夜って……ママ、やっぱり記憶があるんだね」

真理子が「あっ」と口を手で塞いだ。

(昨日の夜……僕がイタズラしたとき、起きてたんだ)

ひどく動揺した。

真理子も「しまった」という顔をしてから、仕方ないというように、話をはじめてくる。

「あのね……昨日のことだけど……確かにちょっとだけ覚えてるわ。でもね、わかるのよ。若い子が異性に興味を持ってどうしようもないこと……」

慈愛を込めた目で見つめられた。

情けない気持ちがこみあがってきて、目頭が熱くなる。

「ご、ごめんなさいっ」

「いいのよ。顔をあげて……」

「え？」

「ママ、怒ってないから。ホントよ。寝ているママを裸にして、その……欲望を吐き出すなんて、いいことではないと思うわ。でも、純くんの年齢だとそういう気持ちになるの、わかってるわ。だから、こんなおばさんのカラダで申し訳ない気分よ」

自虐的に言って、笑ってくれた。

こちらを傷つけまいとしてくれているのが、痛いほど伝わってくる。ジーンとしてしまい、思いきって言った。

「ママ、おばさんなんて言わないで……僕、ママのこと好きだから」

「え？」

真理子が呆けた声を出した。

「好きって、家族としてよね」

「ううん。その……ひとりの女性として」

「……純くん、それは違うわよ。あのね、十代の男の子は女の人の裸とか興味がある年頃なのよ。好きとはまた別の……そ、そうよね？　うん、そうよ。きっと女の人の裸が見たかっただけよね、ママのこと好きって言ってくれて、うれしいけど」

義母は動揺していた。

顔が真っ赤だ。四十二歳とは思えなくて、本当に可愛らしいと思う。

「そうかもしれないけど……でも、好きだってことだけは間違いない。ママじゃなかったら、あんなことしないよ」

言い訳ではない。本気だ。

純也はきっぱりと言いきった。

「うれしいけど、こ、困るわ。母親と息子なのよ、私たち。わかるわよね」

「わ、わかってる。だから、もうあんなこと絶対にしない。最後にする」

本音だった。

真理子はホッとした顔をしていた。

「ホントね。約束よ」

「う、うん、約束する……でも、そのかわり。い、一回だけ、ママとキスしたい」

「キ、キス？　私と？」

義母が大きな目をパチクリさせる。

「え、そ、そんなの……何を言ってるの、純くんったら……こんなおばさんをからかって」

真理子が焦った顔をする。

だけど、はっきりと拒否はしなかった。

(あ、あれ?)

ダメ元で言ってみたが、義母は怒るでもなく戸惑い、そして顔を赤らめている。

(い、いいの?)

震えながらも勇気を振り絞り、顔を近づけて見つめてみた。

「純くん、待って……でも……」

真理子の手が純也の胸にあてがわれた。

もしかしたら押し返そうとしているのかもしれないが、それにしてはまったく力が入っていない。

もう頭の中が真っ白で、義母の濡れた唇しか目に入らなかった。

「マ、ママ」

もうここまできたら、ええいっ! やってしまえという気持ちだ。

「あ、純くん……だめよっ……ん、ふ」

真理子の抵抗する言葉を、純也はおのれの唇で塞いだ。

(これがキス……や、や、柔らかい……女の人の唇……ママとキスしてる……)

初キスの相手は憧れの人となった。

(最高だ。ずっと覚えていよう)

すっと唇を離すと、また目頭が熱くなった。そして、下腹部も熱くなっていた。

真理子はぼうっとして、今、息子と口づけした唇を指でなぞっていた。

「ご、ごめんね、ママ。これを思い出にするから」

最後にキスできてよかった。

恥ずかしいな、と、思ったときだった。

「……純くん……つらいのね、それ」

「え？」

真理子の視線が、純也の盛りあがった股間をとらえている。

慌てて手で隠した。

「こ、これは……」

「ママのことで泣かなくていいのよ。ねえ……その、純くんはオナニーとかしてないの？」

刺激的な言葉が出てきて、純也の目は点になった。

「お、オナ……オナ……す、するけど」

「そう……あのね……女の人が、手でしてくれることもあるの、知ってる？」

小さく頷いた。

手コキやフェラくらい、もちろんわかっている。

真理子が小さく、ハアッ、とため息をついた。

「それ……鎮《しず》めてあげるから、それも最後の思い出にして」

「えっ？　い、いいの……？」

うれしい誤算がやってきて、純也の沈んでいた気持ちが一気に華やいだ。

2

（ママが鎮めてくれるって……）

深夜、純也の部屋で義母とベッドに腰かけている。

義姉の里緒は、おそらく部屋にいるだろう。ひとつ屋根の下に家族がいるにも関わらず、真理子はエッチなことをしてくれると言ったのだ。

思わず、唾を呑み込んだ。

「あ、あの……ママ、そ、それって……」

真理子は恥ずかしそうに伏し目がちに言う。

「だ、だめなのはわかってるの。だけど……そんなことになってるのに、このままにしたら、純くんが可哀想すぎるわよね。だから一度だけ。今日だけよ」

口元のほくろと、羞恥で赤らんだ顔が色っぽかった。

薄手のベージュの部屋着は、ワンピースタイプで丈が短いから、座ると太ももが見えているし、ブラはしているみたいだけど、おっぱいのふくらみもしっかり浮き立っている。

純也はカアッと顔を熱くする。

四十二歳という年齢を感じさせない若々しさで、ぱっちりとした目が可愛らしい。ふわっとしたセミロングの髪を、カチューシャでまとめていて、おでこが見えている髪型もキュートだった。

「ベッドの上で仰向けになって、純くん」

優しく言われて、純也は言われた通りに仰向けになる。

（い、いいのか……まさか、あのおっとりしたママが、そんなことを……）

いけない気持ちより、興奮が勝っていた。

股間がビンビンになってきて、手で隠そうとしたのだが、真理子はその手を静かにどけて、ジャージ越しに硬くなったふくらみを撫でてきた。

「……ッ！」

布越しであるが、女の人の指が初めて性器に触れてきた。

「硬くて、熱いわ……ああん、純くん、ホントに私みたいなおばさんに、興奮してくれているのね」

「そ、それは……くうっ」

腰が震えて、軽く浮いた。

真理子の手つきが、まるで竿《さお》の硬さや形を確かめるような、いやらしさを帯びてきたからだった。

「だって、ママみたいなキレイな人が、僕のチンチンを触ってくれるなんて……」

うわずった声で言うと、真理子は顔を赤くする。

「いけないことだと思うけど……でも、うれしいわね。私でこんなにオチンチンを硬くしてくれて……じゃあ、ズボンを脱がすわね」

真理子の手がジャージの下にかかる。

「あっ、待って……」

まだ気持ちの整理がつかない。

手で押さえようとしたが、先に引き下げられた。

グレーのボクサーパンツは大きなテントを張り、頂点にガマン汁のシミができている。

恥ずかしくて、両の手で破廉恥なシミを隠そうとするも、

「隠さないでいいのよ。大丈夫だから、おとなしくしてなさい」

母親らしくぴしゃりと言われて、純也の手の動きがとまる。

真理子にパンツをめくり下ろされると、硬くそり返ったイチモツが、バネみたいに跳ね飛んであらわになった。

「あん、すごいのね、純くん。大きいわ……それに元気いっぱいで。ずいぶんガマンしてたんじゃないかしら」

「大きいって、うくッ」

しなやかな指で亀頭のくびれを握られて、思わず声が漏れる。

(ああっ！　お、女の人に……しかも新しいお母さんに、直接チンチンを握られるなんて……)

女性の細くて温かな手で握られるのは、自分の手でするのとは感覚が違った。

「ねえ……純くん、これ……剝いてもいい？」

義母が、恥ずかしそうに訊いてきた。

(む、剝くって……仮性包茎のこと?)

勃起しているものの、純也の性器は、先端のピンクがちょっとだけ顔を出している状態だ。

「僕、剝いたことなくて……」

「どうなのかしら。このままでもいいけど、剝いてみる?」

「え、う、うん」

恥ずかしいけど、本当の母親に言われているみたいで、なんだか従いたい気分だった。

真理子はわずかに指に力を入れて、勃起の表皮を剝いていく。

「うっ!」

ちょっと痛みが走り、純也は顔をしかめる。

「ご、ごめんね。痛かった?」

「ううん、大丈夫」

と、返事しながら見れば、見事に亀頭部分がズル剝けで、ピンクの亀頭部が露出していた。

こすられる。

真理子の細指はそのままずる剝けになった勃起の根元まで下りていき、ゆったりと
「よかった。確か、こっちの方が清潔なのよね？」

感嘆していると、真理子がウフフと笑った。

(うわー、こんなになるんだ。大人のオチンチンだ)

「えっ……あっ……うわっ……！」

快楽の電流が背筋を走り、勃起の芯がジーンと疼く。

「どう？　純くん、気持ちいい？」

義母の瞳が潤んでいる。

口元のほくろと、とろんとした瞳が色っぽくて下腹部に力が入る。

「う、うんっ……」

細指が表皮をこすり、敏感な部分を刺激してくる。

(くっ、チンポの奥がくすぐったい！)

自分では毎日している行為でも、好きな人にしてもらうと新鮮な刺激に変わる。

思わず腰を浮かせ、もっととせがむように上下に腰を浮かせてしまう。

「……うふっ。ママにおねだりしてくるくらいだから、ホントに気持ちいいのね？」

うっとりとした目をしながら、真理子は勃起の根元を重点的に、キュッ、キュッとこすりあげてくる。

「うくっ、おねだりなんて、そんなつもりじゃ、腰が勝手に……」

「いいのよ、気持ちよくなって……あん、こんなにトロトロと、いやらしいオツユを出して……」

真理子は微笑み、分泌したガマン汁を肉棒全体に引き延ばして、滑りをよくしながら、さらにシゴいてきた。

(ああ、いやらしい……ママって可愛いけど、やっぱり人妻なんだな。経験豊富なんだよな)

清楚で上品でも、やはりアラフォーの熟女である。

見れば、真理子は妖しげに目を細めて、純也の性器を見ていた。

屈んで手コキしているから、寝間着の緩い胸元から胸の谷間が覗き、ベージュのブラジャーまでも見えてしまっている。

(お、おっぱいがこぼれそう……いつ見ても大きいっ)

義母の乳房の大きさを、グラビアアイドルやAV女優と目測で比べたことも何度もある。おそらく推定ではFカップとか、それくらいあるに違いない。

しかも、ノーブラのときも垂れていないくらい、しっかりとした張りがあって、それでいてすごく柔らかそうなのだ。

「あっ……やだ……」

真理子がハッとしたように胸元を手で隠した。

純也は慌てふためいた。

「ご、ごめっ……」

「ウフフ。いいのよ、ママの……こんなおばさんのおっぱい、見せるのが恥ずかしかったただけ、あっ……でも」

そこで言葉を切り、真理子は淫靡《いんび》に口角をあげる。

「……でも、今、純くんのオチンチン、ビクッとしたわ。私のおっぱい見て、ちょっと興奮した？」

「そ、それはもちろん。ねえ、ママってキレイなのに、どうしてそんなに自信がないの？」

「だって、若くないもの。だからうれしいのよ。ねえ、純くん、今からすることも一度だけよ……覚えておいてね」

真理子がせつなそうに言ってから、決意したようにキュッと唇を引き結んだ。

そうして、開いた脚の間に四つん這いになり、勃起を握ると美貌をそれに近づけていく。

（えっ？）

ぬめっ、としたものが勃起の表皮を這いずる。純也は、

「くううっ！」

と、うめいて、背をのけぞらせた。

（ウ、ウソ……ママが……僕のチンチンを舐めた……そ、そんなことするなんてッ）

フェラチオはもちろん知っている。

だが真理子が舐めてくるとは思わなかった。

ためらいもなく、可愛い義母が自分の男性器を舐めてきたことにうれしい反面、驚いてしまった。

「マ、ママ……い、いいの？　こんな汚いものを舐めるなんて……」

仰向けだった純也は上半身を起こして、不安な顔を向ける。

むわっとする淫らな熱気や、匂いもひどいに違いない。

だが、真理子は優しく笑みをこぼし、

「汚くなんかないわ。純くんの大切な部分だもの。いけないことをしてるって気持ち

はあるけれど、生理的にいやなんて感じないから」

その言葉どおりに、真理子は大胆に舐めてきた。

（女の人って、こんなの舐めることができるんだ……）

申し訳ないと思いつつも、竿の裏側を舌腹でねろっと舐めあげられると、気持ちよくて、すまないと思う気持ちはすぐに消えてなくなってしまった。

3

「う、くう……」

手とはまた違う舌の感触が、純也の意識を混濁させていた。

裏筋から亀頭部までを、ねろり、ねろりと舐めあげられると、腰骨がとろとろになるような、むずがゆい快感が襲ってくる。

「ああ……」

敏感な尿道口をチロチロと舌で左右にはねられる。

もうどうにかなってしまいそうだった。

そして、次の瞬間。

柔らかな唇が襲ってきて、一気に根元近くまで生温かな粘膜に包まれた。

あまりの衝撃に純也は目を見開き、

「くぅっ！」

と、うめき声をあげる。

見れば真理子の口唇は大きくO字に開ききっていて、肉竿でしっかりと蓋をされている。

「マ、ママ……僕のチンポを、く、咥《くわ》えるなんて……」

自分の性器が、美しい義母の口の中にある。

信じられなかった。

生まれて初めてのフェラチオの興奮に、腰が震えてしまった。

「ンフッ」

純也の感じた様子がうれしかったのだろう。真理子は含み笑いしながら、ゆっくりと唇で前後にしごき立ててきた。

「ああっ！　ママの唇が……チンチンをこすってきて、んくぅ！」

あまりの刺激に、シーツを握りしめていた。

真理子は、じゅるる……じゅるっ、と唾液をしたたらせたまま、じゅぷっ、じゅぷっ、と音を立てて、さらに激しく頭を動かしてくる。

「うっ……ううう……」

紅唇で甘く締められつつ、口中では舌で亀頭冠を舐めまわされている。

もう気持ちよくて、言葉も出なかった。

れろぉ、れろぉ……じゃ、ぐちゅ、じゅるっ、じゅるる……。

唾液と舌の音がいやらしく響く。

真理子は眉間にシワを寄せて、苦悶の表情をしながらも大きく口を開けて、男の性器をアイスキャンデーのように舐めしゃぶっていた。

「ううんっ……うふっ……」

真理子は悩ましい声をあげ、肉茎から唇を離して顔を赤くする。

「いやっ……純くん、そんなにじっと見ないで……すごく恥ずかしいのよ。おクチいっぱいに純くんのオチンチンが入ってるから、舐めてる顔がきっと変になってるでしょう？」

「な、なってないよ。すごくいやらしい顔で……ああ、もっと見たいよ。おしゃぶりしてるママの顔」

甘えて言うと、真理子は困ったように眉根をひそめて苦笑した。

「そんなに見たいの……？　ママがあなたのオチンチンを口に入れてるところ」

「そ、それは……見たいよ、エロいママの姿」

見たいのは当然だった。

こんな美しい熟女が、自分の股ぐらに顔を寄せて、一心不乱にペニスをおしゃぶりして気持ちよくさせてくれているのだ。

男としての征服欲が満たされるし、何よりもいやらしすぎる。

「もうっ……」

真理子は少し怒った様子だが、また髪をかきあげて咥え込み、今度はもっと大きく顔を上下に揺すった。

「んっ、んっ……んぐっ」

んじゅぷっ……じゅぷっ、じゅぽっ……。

唾液の音と、真理子の鼻にかかったくぐもった声が混じる。

「うあっ……くうううっ」

男根の奥の方がじんわり熱くなり、背筋がブルブルと震えてしまう。

真理子は上目遣《うわめづか》いにこちらを見て、恥ずかしそうにしつつも、ねっとりとしたおしゃぶりを続けている。

くりっとした大きな目が、「気持ちいい？」と尋ねているようだ。

「くうう、い、いいよ」

息を荒げて告げると、真理子は優しく微笑んだ。

そして……ぷるんとした唇を滑らせ、陰毛に接するほど奥まで咥え込み、つらそうに顔を歪めて喉奥まで切っ先を呑み込んだ。

「ううん……うううん……うう」

呼吸をペニスに奪われて、喉を塞がれているはずなのに、真理子の顔は上気して、四つん這いになったヒップが、くなくなと物欲しそうに揺れていた。

(苦しいはずなのに……ママ……そんなに一生懸命に……)

肩までのさらさらの髪が揺れて、さわさわと純也の下腹部を撫でている。唾液まみれの自分の肉柱が、口元から出たり入ったりするのを見ているだけで昂ぶった。

「……ううんっ……むふんっ」

根元を指で強めにこすられ、敏感な部分を唇や舌で刺激され続けていると、甘い痺れがいよいようねりあがってくる。

「ああぁ、だめっ……出ちゃいそう……」

こんなに早く射精したくない。

純也は自然に腰を突きあげながらも、お尻の穴に力を入れてキュッと締めた。

「んっ……んふっ……んん……」

じゅるっ……じゅるる……。

だが、真理子は容赦なかった。

眉をつらそうに曲げた、泣きそうな顔でさらに深く頬張ってくる。

「ああ、ママの顔、いやらしい……美味しそうにおしゃぶりして……くぅぅ」

「むふっ？」

咥えながら見あげてきて、真理子は勃起を口から離した。

「……美味しいわ。純くんのオチンチン……ああんっ、いやっ。私ったら……」

真理子は破廉恥な台詞《せりふ》をなかったことにするように、咥え直して顔を打ち振ってくる。

(僕のチンチンが美味しいって……可愛らしいママがそんな淫乱な台詞を……)

衝撃的だった。

「ああ……ママ……ッ」

一気に快感がふくれ、脊髄にまで、ぞわぞわが生じた。

射精のときの甘い陶酔感だ。

「うあっ、だめっ……で、出る……出るよっ！」

真理子がまた、勃起から口を離した。

「出してもいいわよ。ねえ、ホントはママのオクチに出したいんでしょう？」

「え？　あ……そ、そんなこと」

「ウフフ、ニヤニヤしちゃって。わかりやすいわ。男の人って、アレを飲ませたいのよね……」

真理子は含み笑いしてから再び咥え込み、じゅぽっ、じゅぽっ、といやらしい唾液の音を立てながら激しく口で抜いてきた。

本気で射精させる気だ。

純也は慌てた。

「そんなにしたら……出ちゃうっ。ママの口の中に……あのどろっとした精液が……あんなもの……」

肉竿が口中で反り返しを強め、真理子の上顎に当たっていた。

義母は咥えながら、まるで「いいわよ」という風に目で合図を送ってきていた。

（いいんだね。僕だけの……僕だけのママだ……くううっ！）

純也は腰を突き出し、大きくのけぞった。

「あっ、ふぅぅっ……くうっ、ママっ……！　ああっ、来るっ、来るっ……」

どぷっ、どくっ、どくっ……ぶりゅゅッ……。

「んあああ！」

まるで腰がとろけるような快楽が宿り、チンポの先から、大量のザーメンが噴出した。

「んんっ……！」

真理子が驚愕に目を見開いた。

おそらく想像以上の量が注がれて、驚いたのだろう。

顔を打ち振るのをやめて、咥えたまま目をつむる。

すごい量が吐き出されただろうに、勃起を口から離さないで、しっかりと受けとめてくれている。

(射精してる……ママの口に……こんなキレイな女性の口の中に精液を放っている……)

もたらされる快楽もそうだが、憧れの美人義母の口に欲望を注いだ悦《よろこ》びが激しかった。

ようやく射精がやんだ。

気だるさに包まれながら、申しわけないと勃起を口から抜いたときだ。

真理子が目を閉じたまま、純也に向けてゆっくりと口を開いた。

(え？　あああ……)

いつもティッシュに吐き出す白く濃厚な欲望が、真理子の口中にあふれて真っ白い精液のたまりをつくっていた。

「マ、ママ……ママの口にそんなもの出して、ごめんね……」

心配をよそに、真理子は少し口角をあげると、目をつむったまま口を閉じた。

右手で口元をおさえながら、白くてほっそりした喉を、こくっ、こくっ……と小さく動かしていく。

(飲んだ……僕のザーメンをママが……)

なんともいえない至福が、純也を包み込んでいく。

「ぼ、僕のを……飲んでくれるなんて……」

呆気にとられて言うと、真理子は恥ずかしそうにはにかんだ。

「だって……純くん、見たいんでしょ？　ママが飲んでるところ……すごく濃いのがいっぱい出たのね……ウフッ」

「いやじゃなかった？」

訊くと、真理子は困ったような顔をした。

「正直言うと、すごく生臭くて苦いのよ……でも、純くんのだったら……あん、そんなこと訊いちゃだめよ。さ、これで眠れるでしょう？」

真理子がそう言って、自室に戻りかけたときだった。

ナイトウェアの胸元で、乳首のポチが見えていてドキッとした。

（ママ、乳首を硬くしてる……さっきまでは見えてなかったのに、あれってブラジャーでも隠しきれてないってことだよな。僕のを飲んで興奮したのかな……？）

イタズラしたときのことを思い出す。

寝ていても、パンティを湿らすぐらい真理子は感じやすいのだ。

もしかしたら、今もパンティの奥がじくじくと湿っていて、秘奥が爛《ただ》れたように熱くなっているのかもしれない。

そんなことを思うと、今出したばかりだというのに、股間が硬くなってしまってしまって、どうにもならなくなってきた。

童貞の心は春の嵐みたいに、晴れやかなのに荒れ模様だ。

第三章　義姉と淫らなゲーム

1

「お義父《とう》さん、おかえりー」

階段を降りている途中で、里緒の元気な声が聞こえてきた。

下に行くと、ちょうど父親が長期の出張から帰ってきたところだった。

「父さん……おかえり」

純也は玄関からあがってきた父を見て、よそよそしく目をそらした。

(昨日、ママにエッチなことしてもらったんだよな。(父さん、ごめん)

父親と真理子が結婚してからまだ一年弱。

新婚ともいえる、仲睦まじいふたりに亀裂を入れたような、裏切ったというような罪悪感があって気が重かった。

「なんだ、純也。体調でも悪いのか？」

大きなバッグを置き、スーツの上を脱いだ父が心配そうな顔をした。

「いや、別に……」

「おかえりなさい、あなた」

ふいにリビングから、真理子が出てきて姿を見せる。

義母はこちらをチラリと見た。完全に意識している。当たり前だろうな。昨日の今日なのだから。

身体が熱く火照ってくる。

「純くん、お父さんがお土産《みやげ》買ってきてくれたのよ。里緒が持ってっちゃったけど」

真理子は普段と変わらぬ、慈愛に満ちた笑みを見せてくる。

(ママは以前の関係に戻そうとしてくれてる。でも僕は……簡単には母と子にはなれないよ)

悶々としながらリビングに行くと、ソファに座った里緒が土産の箱を開けて、マカロンを取り出していた。

「里緒、全部ひとりで食べないでよ」

真理子が咎《とが》めると、

「わかってるってば」

と、言いつつも、箱からカラフルなマカロンをいくつも取っていた。

純也は里緒の座るソファの隣に陣取り、里緒を見た。

(里緒ねえ、今日はすごい薄着だな)

確かこれ、ブラトップというやつではないか？

胸のカップが強調されて、谷間どころか白いふくらみ自体が、半分近くあらわになっている。動くたび、ゆさゆさと揺れる柔らかな乳房が、いつも以上にセクシーに迫ってきていた。

(昨日、ママにエッチなことされたからかな、里緒ねえを見る目も、いつも以上にいやらしくなってる)

いかんと自制しつつも、意識してしまう。

ストレートの栗色のロングヘアの似合う華やかな美女。

切れ長の目で見つめられると、もう何も言えなくなるくらいに、神々しいほどのキレイさである。

相当モテるだろうし、男なんか選《よ》り取り見取りって感じに違いない。

スッピンでも、メイクしてもほとんど変わらない下地のよさに加えて、肌は水を弾きそうなほどつるんとしていて、唇は厚めでやたらとセクシーだ。

「なあによ、純也。おねーちゃんの顔になんかついてる？」

不審そうな顔で見られて、ハッとした。

「べ、別に。あんまりたくさん食べると、太るんじゃないかなって」

わざと軽口を叩くと、整った美貌がニヤッとして、イタズラっぽいものに変わる。

「あのねえ、私がどんだけ努力してるのか知らないの？　ほら」

里緒がいきなりブラトップの裾《すそ》をめくって、お腹を見せてきた。

（なっ……）

眩しいほど白い肌と、形のよい臍が見えた。

いつも細いよなって思っていたけれど、里緒のウエストは信じられないくらいくびれていて、同じ人間かどうかも疑わしいくらいだ。

「フフ。どーだ。おねーちゃんのカラダ、なかなかでしょう？　もっと見たい？」

「へ？　なな、何言って……いーよ、別に」

と、強がりを言うものの……だ。

二十四歳の小悪魔フェイスが、妖しい色香を見せて迫ってきて、純也は思わず息を呑んだ。

「里緒ったら。仲がいいのはいいけど。あなた、自分でこの前言ったでしょう、純くんを刺激しないようにって」

真理子が怒ったように言いながら、食卓に腰かけて小皿を出してくれた。

「だってえ、思春期の男の子っておもしろいんだもん。ずっとハアハアしながら私の身体見てるし。今日の夜は、おねーちゃんでシコシコしちゃう？　ん？」

姉に顔を覗き込まれて、純也は真っ赤になった。

「バ、バカ……」

突き放すように言うと、里緒が身体を寄せてきた。

「何がバカよ。まーたオチンチンふくらませてるくせに」

耳元でささやかれると同時に、肘にふにゃっとしたものが当たってきて、純也は身体を熱くしてしまう。

(ち、近いっ……というか、里緒ねえのおっぱい当たってる。すごい弾力)

真理子よりも若干小ぶりなものの、それでも痩せているから、迫力と重力はすさまじいものがある。

ちらりと下を見れば、谷間から乳肉がぽろりとこぼれそうなほどだ。

もう少しで魅惑の先端部も見えてしまいそうで、欲望がかきたてられる。

「ウフフ。ハアハア言っちゃって……ねえ、おねーちゃんのおっぱい当たってうれしい？　ん？　言ってごらん」

さらに押しつけられると、ブラトップの紐がわずかに緩み、カップが浮いた。カップの内側は肌色のスポンジのような生地だ。

そこに当たっている薄ピンクの乳首が、わずかに覗けた。

(み、見えたっ。里緒ねえの、ち、乳首っ！　透き通るようなピンク色だ)

いけないと思っても、もう目を離すことはできない。

「ウフフ」

里緒の太ももがぴたりと寄り添う。

かなり短いホットパンツで、健康的な太ももが剥き出しだったから、ズボン越しにもムチムチの肉づきが感じられて、ますます顔が熱くなる。

さらにだ。

里緒の手が純也の太ももにおかれて、ゆっくりと撫であげられた。

「元気ねえ。ここも。ちゃんと毎日シコシコしてるの？」

「な、何を……あっ！」

太ももを撫でていた里緒の指が、急に股間をツンツンと突いてきて、思わずビクッとしてしまう。

「何って……見えたんでしょう？　私のおっぱい。視線でわかったわ」

「へ、ヘンなこと言わないで、濡れ衣《ぎぬ》……うっ！」

座っていながらも、腰が引けた。

里緒が目を細めながら、ほっそりした手で股間のふくらみをやわやわと揉んできたからだ。

（ああ、里緒ねえっ……今日のからかい方はヤバいよ……）

純也は慌てて目で真理子を追う。

真理子はキッチンにいて、何か作業をしているようだ。

父親はまだリビングには顔を見せていない。おそらく長旅で使用した荷物をしまっているのだろう。

「だ、だめだってっ……里緒ねえ」

いつ母や父がくるかわからないリビングで、姉にエッチなことをされている。

もう頭がパニックだった。

全身から立ちのぼってくる噎せるくらいの柑橘《かんきつ》系の体臭が、初フェラを体験したばかりの十八歳の性欲をこれでもかと煽《あお》ってくる。

もうこうなれば、おっぱいぐらいちょっと触ってもいいのではないか?

そんなイケナイ妄想が頭をよぎったときだ。

「やあだ、純也ったら、ウフフ。熱っぽい顔して。なんか今日はあんたがいやらしい顔してるから、からかっただけよ」

拍子抜けするほどあっけなく、里緒はさっさとリビングから出ていってしまった。

(いやらしい顔? そんなの僕、してた?)

やはり昨日のフェラ体験が、何かを変えたんだろうか?

わからぬまま、この股間の昂ぶりをどうしたらいいかと、ひとり悩むのであった。

2

夜。

純也は自分の部屋で講義の予習をしようと教科書を開いたものの、頭の中にまったく入っていかずに、ため息ばかりこぼしていた。

(だめだっ、ちょっと休憩っ……)

と、心の中でふんぎりをつけたはずだが、実はずっと休憩しているようなものである。

ベッドに寝転んで目を閉じると、義母のフェラ顔が浮かんでくる。

《んっ……んっ……んうっ……》

クリッとした目の可愛らしい美熟女。

それが一変して、眉間に悩ましい縦ジワを刻み、瞳を潤ませながら、男の性器を咥えてきたのだ。

(人妻だもんなあ……ママ……)

考えたら、またズキズキと股間が疼きはじめてきた。

もうこのまま勉強に戻るのは無理だ。

(やばっ、一度抜こう)

今日、三回目のオナニー。

このままのペースだと、一日に平均五回、一年で千五百回以上は精液を出しそうな勢いである。

(大丈夫かな、こんなに回数こなして。いきなりなんも出なくなったりしないかな？)

くだらないことを考えつつ、純也はタブレットを開いた。

すでにブックマークしている動画サイトを開く。

ここのところ、オカズは熟女ＡＶだった。

しかも、なるべく真理子に似ている女優を選んでしまっていた。もちろん真理子の方が可愛いのだが、なるべく近いタイプにムラムラきてしまうのだ。

だが、今日は……。

(なんとなく、この女優、里緒ねえに似てる……)

つり目がちの大きなアーモンドアイ。

さらさらとして、いい匂いのしそうなストレートのロングヘア。

勝ち気そうなところも似ているものの、やはり里緒の方が、掛け値無しに美人である。

(タイプは違うけど、超絶美人母娘だもんなあ……このふたりと一つ屋根の下にいたら、おかしくなるのも無理ないよ)

タブレットをたてかけ、ズボンとパンツを脱いでベッドに座る。

ティッシュを近くに置いてから、すでに硬くなっていたペニスを手で握りしめつつ再生のボタンを押す。

「ああんっ、だめぇ、いやあ……」

画面の女優の顔が、里緒のものに脳内で変わっていく。

(里緒ねえも、セックスのときにこんないやらしい表情になるのかな)

怖いくらいに整った顔立ちで、勝ち気というかすごく生意気そうで、あまのじゃくなところがある。

男を振りまわす小悪魔タイプであるが、それが許されるくらいの美貌の持ち主で、わがままでも仕方ないと思わせる神々しさすらある。

(この女優もいい身体してるけど、絶対に里緒ねえの方がスタイルいいよな)

朝、見せてくれた腰のくびれ。胸の谷間ができるほどの推定Fカップのバスト。小気味よく盛りあがったヒップ。

(くうう、里緒ねえ……)

真理子と同じで、身近な女性をオカズにする背徳感が興奮を大きくさせていく、早くも尿道が熱くなってきた。

もう出るっ、と思って警戒心が薄れていた。

「ねえ、純也っ」

ガチャッとドアが開いて、振り向けば里緒が立っていた。

「う、うわっ、里緒ねえ、ばかっ！　ノックしてよっ」

どうにもできなくて、とにかく前屈みになった。

里緒はクスクスと楽しそうに笑っている。

「だって、携帯の充電器借りようとしてノブをまわしたら、鍵がかかってなくて……あーれ、お取り込み中だったのね」

そう言いながらも、里緒はずけずけと部屋に入ってきた。

それだけでなく、まだ「あんあん」と、いやらしい声のするタブレットをひょいと持ちあげて、しげしげと眺めるのだ。

「ちょっと……か、返してよっ！」

手を伸ばすも、当然ながら里緒は返してくれなかった。

「うんうん、男の子らしく健全でいいわね……へえ、純也ってこういう女の人がタイプ……って……ねえ、この女の人、ちょっとあたしに似てない？」

ニヤニヤして見てくる里緒を、まともに見られなかった。

「そ、そんなことないよ」

反論しつつも、バレたことで動揺してしまう。

とにかくパンツを穿かなければ、というところで、義姉は隣に座ってきて、とんでもないことを言い出した。

「ウフフ。ねえ、純也。あたしに似ている女優を使ってるってことは、やっぱりあたしの裸、見てみたいんでしょ？」

「はっ、え？」

おもわず里緒の全身を舐めるように見てしまう。

ブラジャーが透けて見える薄いTシャツに、パンティも覗けてしまいそうな超ミニのホットパンツという露出高めの格好である。

（ママには、露出をひかえろって言ってるのに、なんてエッチな格好……）

思わずそのプロポーションのよさに、目が吸い寄せられてしまい、ハッとしたときはもう後の祭りだった。

「あははっ、純也のエッチぃ。ホントはおねーちゃんのおっぱいとかお尻でシコりたいんでしょ？　ん？　最近色気づいてきたわよねえ。朝なんか、すぐにオチンチン大きくして……どうだ。言ってみ、ほれ」

小悪魔的なセクシーな上目遣いをして、屈んだと思ったら、Tシャツの首元を引っ張って中を見せてきた。ピンクのブラジャーに包まれた巨大なふくらみが見えて、思わず目をそらす。

「や、やめてよ、からかうの……最近て言ったって、昔の僕なんか知らないくせに」

「ウフフ。なあに赤くなってんのよ。最初会ったときは、そんなエッチな目してなかったわよ。ねえ、あたしのおっぱい大きいでしょ？　一応、Ｆカップなのよねえ」

聞き捨てならない刺激的な言葉に、十八歳の童貞はもう一度乳房の白い谷間を見てしまう。

（エ、Ｆカップ！　いるんだ、Ｆカップって……）

鼻の奥がツンとしてきた。

今すぐに抜きたい気分で、うろたえていると、

「ほーら、鼻の下伸ばして。でも、ただで見せるのもねえ。そうだ、純也、あれやろうよ、久しぶりにあの射撃の対戦ゲーム。純也が勝ったら脱いであげる」

「へっ？　なっ、なっ……え？　じゃあ里緒ねえが勝ったら？」

「そーねー。うーん、そうだっ。あたしの目の前でオナニーしてもらおうかな。ハアハア言って、オチンチンをしごくところ、ばっちり見せてもらう」

「ええっ！　そんな」

なんという交換条件か。

でも見たい。

Ｆカップバストを見てみたい。

だけど、以前やった射撃ゲームでの里緒との対戦戦績はほとんど五分五分であり、オナニー姿を見られるというリスクもかなり高い。

「まあ、別に、い、いいけど……」

ついつい、ＯＫと言ってしまった。

それほどまでに、姉のＦカップ美乳を拝めるというご褒美は、何事にも代えがたいものである。

純也はズボンとパンツを穿き直して、タブレットを用意する。里緒も自分のタブレットを持ってきて、ふたりで設定する。

キャラクターを選び、お互いに相手を撃ってポイントを競うゲームである。一進一退だったものの、最後の最後でポイントを取って、純也の逆転だった。

「ううぅー、最後にそんなワザ出すかなあっ」

里緒はくやしそうに唇を噛《か》みしめてから、ちらっとこちらを見た。

「わかってるわよ」

いや、別に何も言っていないのだが……。

だが里緒は恥ずかしそうにしながら、Ｔシャツの裾をめくりあげた。

コーラルピンクのブラジャーに包まれた、Ｆカップバストがあらわになる。

(うわっ……ぬ、脱いだ。で、でかっ、すごい。突き出してるよ、里緒ねえのおっぱい……)

華やかな美人の里緒に似合う、ハーフカップのブラジャーは思った以上にセクシーで、形のよい美乳の上半分を露出させている。

(揺れてるっ、たゆん、たゆんって……)

あまりの衝撃的な光景に目を奪われていると、里緒が睨《にら》んできた。

「さあ、次、次」

「え？　まだやるの」

「当たり前でしょう。あたしがギブアップするまでよ」

里緒はＴシャツを脱ぎ捨てて、コントローラーを握りしめる。今度は今までよりもっと真剣にゲームの画面を凝視している。

(ギ、ギブアップって……しなかったら、まさか最後まで脱ぐつもり？)

思わず視線が、再び里緒の胸元に吸い寄せられる。

里緒がコントローラーを動かすたびに、それに合わせてブラジャー越しのたわわなふくらみが、大きく何度も揺れているのだから、もう目が離せなかった。

すぐ隣にこんな美人の量感たっぷりのナマおっぱいがあったら、集中なんてできるわけはない。

二回目は圧倒的大差で、里緒に負けてしまった。

「はい勝ちー。ほら、純也も脱ぎなよ」

里緒が、さも当然という風に迫ってくる。

「は？　な、何で僕が……」

「何でって、こっちも脱いでるんだから、当然でしょ」

わけのわからない理屈を押しつけられても、おっぱいは正義だ。押しきられて仕方なく、ズボンを脱いでパンツ一枚になる。

「いやあだ、大きくして……」

里緒に言われて慌てて股間を隠す。

見ればちょっとだけ里緒も目の下を赤らめて、恥ずかしそうだ。

（あれれ？　意外とこういうの慣れてなかったり……まさかなあ……）

と思いつつ、三回戦に突入する。

全然やめる気配がなくて、次第にドキドキがとまらなくなってきた。股間がずっとズキズキ疼いている。

まさか、本当に全部脱ぐ気なんだろうか。

黙っていると、ずっとおっぱいを見てしまうので、ゲームをやりながら適当なことを訊いた。

「里緒ねえは、カレシとかいるの？」

ゲームの画面に集中していた里緒が、ちらりとこちらを見た。

「いたけど、別れたわよ」

「な、なんで？」

「なんでって、浮気してたから」

「えっ、それはひどい」

普通に返すと、里緒はクスクスと笑った。

「ひどいと思ってくれるんだ」

「そりゃあ……思うよ。里緒ねえみたいな美人がいて他の女になんか……」

というよりも、こんな美人で性格も……ちょっと男っぽくて女王様気質だけど、でも根は優しい女性がいて浮気するなんて、どんな男なんだよと思ってしまった。

「ウフフ。生意気なこと言うわねえ。ねえ……純也は、彼女ができても裏切っちゃだめよ」

「そんな格好で、お姉さんっぽいこと言わないでよ」

また里緒はクスッと優しく笑い、そして、ミスして自滅した。

「あーっ、もう……あんたがヘンなこと言うから……」

「いや、そんなにヘンなこと……」

呼吸がとまった。

里緒がしゃがんだまま、ホットパンツを脱ぎはじめたからだ。

（うわー、うわー）

やはりだ。腰はつかめそうなほど細いのに、コーラルピンクのパンティに包まれた下半身は驚くほどムッチリしている。

お尻は母の真理子ほどの重量感はないものの、小気味よくキュートに盛りあがっていて悩ましい丸みを帯びている。

（女の人って、身体がまるっこくて……細いのに、肉づきがよくて柔らかそう。うわー、抱いてみたい）

スレンダーでモデル体型だと思っていたのに、里緒はやはりグラマーだった。

真理子より痩せているが、上背があるから迫力がある。

「さ、次」

「……ま、まだやるの？」

「やるわよ。次負けたら、私はブラ、純也はパンツ脱ぐこと」

「え？　僕まだTシャツ着てるのに？　なんで先に、僕だけパンツ……」

「いーの。私のおっぱいは、それだけの価値があるんだから」

フフンと自慢げに言うものの、だ。

(そのわりに今朝、簡単に乳首が拝めましたけど……)

そんなこと言うと、またからかわれるので、黙ってゲームに集中する。

なんだか異様な空気だった。

姉弟が、同じ部屋で仲睦まじくゲームをしている。それはいいけど、ふたりとも下着姿なのだ。

ムラムラくるのも当然だった。

隣に座るランジェリー姿の美女は、バストは豊満で、ウエストはくびれ、脚はすらりとして長い。しかもずっと甘い香りが漂ってきていて、ロングヘアをかきあげたときなど、噎せるくらい濃厚なフェロモンが放たれて股間を刺激してくるのである。

義理でも姉だ。

それはわかっている。

だけど、自分はもう義理の母と、エッチなことをしているのである。

(どうせだったら、里緒ねえとも……)

なんて調子のいいことを思っているから、集中力が続かない。

こんな悶々とした気持ちだったら、負けるのは当然だろう。

「あーっ！」

倒されて、こっちが先にジ・エンド。

里緒がニヤリと笑って、顔を覗き込んでくる。

「やっぱり、おねーちゃんにはかなわなかったねえ。ん？　どした？　ギブ？　まいりましたって言ったら、許してあげてもいーよ」

「いやいや、そっちが全部ルールつくってるでしょ。僕まだTシャツ着てるのに」

「でも、パンツ脱ぐ約束は約束だから、仕方ないわよねぇ」

なんという強引さだ。

里緒はもう、こっちがパンツを脱がないと思っているようで、ニヤニヤして勝ち誇っていた。

(くうう、里緒ねえにチンチンなんて恥ずかしくて見せられないよ。だけど……)

純也の視線が、里緒のブラとパンティをとらえる。

中が見たかった。

どうしても生乳と生マン……を拝んでみたかった。

よし、と決意して、座ったままお尻を浮かせてパンツを脱ぐと、ぼろんと勃起が現れて、むあっとキツいホルモン臭が鼻先をついてきた。

「えっ？　あ……ぬ、脱ぐんだ。ふうん」

里緒の視線が、当然ながら股間に集まる。

カレシもいたし経験もあるから……と思っていたのだが、意外にも目のまわりをねっとり赤らめていて、男性器を見る目が恥ずかしそうだ。

「おっきーじゃん、意外と……ねえ、ちょっと近くで見せてよ」

ランジェリー姿の里緒が身を乗り出してくる。

それはまずい、と純也は慌てた。

「いやだよ、そんなの……」

恥ずかしさもあるが、もう里緒の豊満なバストや、パンティに包まれたエロい下腹部を見てしまっているから、すぐにも射精しそうなのだ。

「いいから、おねーちゃんに見せなさい。あれ、あんた、皮が剝けてるんだ。生意気ね、大人のオチンチンじゃないの」

「うわーっ、見るなっ」
真理子に剥いてもらったことを思い出し、身体が火照る。
手で隠そうとしているのだが、もう自分でも驚くほどギンギンになってしまってい
て、手のひらではすべてを隠せないほどだ。
「いいじゃん。どうせ、おねーちゃんの裸に興味あるんでしょ。なんなら私が手でし
てあげてもいいんだけど」
とんでもないことを言い出して、里緒がランジェリー姿で覆い被さってくる。
「わ、ちょっと……」
ベッドに押し倒されて、スプリングがギシギシ音を立てる。
もちろん本気で力を入れれば、姉の身体くらい簡単に撥《は》ね除《の》けられる。
だけど、さすがに女性に対してそんなことはできないし、何より大きな音を立てれ
ば下に聞こえてしまうだろうから、黙って押さえつけられた。
「ほうら、見せなさいって」
里緒は必死になって、純也の手を剝《は》がそうとしてくるが、それはもう男にとっての
夢ごこちだった。
（ああ……里緒ねえ、いい匂いっ……それに、や、やわらけー）

真理子の方が身体はもっちりして重量感があった。

だけど里緒も負けず劣らず、体重は軽そうなのに、胸の重量感だけで押しつぶされそうだ。

それに加えて肌は瑞々《みずみず》しくすべすべで、こすれているだけで気持ちよくなってくる。

年上だけど「女の子」の身体だった。

「なあに、うれしそうな顔してるのよ……おねーちゃんの身体、こすれて気持ちいいんでしょ？　ねえ、オナニーしてみせてよぉ」

「し、しないってば、さ、触らせてくれたら……いいけど……」

「ウフフ。いーよ。どこ触りたい？」

里緒があっさり言って、美貌を近づけてきた。

切れ長の目が、イタズラっぽく輝いている。

メイクなんかしてないのに目鼻立ちはくっきりだ。

思わず目をそらして答える。

「……え、その……む、胸……とか……？」

まさか触らせてくれないだろうと、高をくくっていた。

だが、

「フフッ、やっぱり健康的な男の子ね。純也はあたしのおっぱい揉みたいんだ。どうしようかなあ。高いんだけど、仕方ないか。いーよ、ほれ」

里緒は純也の腹の上で馬乗りになると、両手を背中にまわして、プツッとブラジャーのホックを外した。

くたっと緩んで、そのまま抜き取ると、ぽろりと白い双乳が飛び出してきた。

(ぬわわわー、おっきくて、しかも形がいい……S級のAV女優並みっ！)

下を向いているはずなのに、里緒の乳房は垂れるでもなくて、ツンと頂点が上を向き、下乳がしっかりと丸い形をつくっている。

そのトップには、透き通るような薄ピンクの乳首がひかえめについていた。

(はあー……里緒ねえのおっぱい、すげえっ)

美人なのに美乳って最強すぎるだろ、と思いつつ、目を皿のようにしてじっくり見ていると、えへへへー、と里緒が笑った。

「あんた、目がバキバキなんだけど。童貞にFカップの生乳は刺激強かったかー。大丈夫？　鼻血とか出てない？」

「で、出ないよっ、子どもじゃないんだから」

「子どもでしょ。十八歳なんて。大丈夫？　ねえ、興奮しすぎて力一杯揉んだら、あ

「べ、別にっ」

たしマジで怒るけど」

「し、しないからっ、そんなこと……おっぱい揉むくらいで、べ、別にっ」

憎まれ口を叩きつつも、身体の震えがとまらなかった。

3

ドッ、ドッ、ドッ……。

心臓の音と、ハアハアという乱れた息の音が、身体の中に響いている。

里緒がベッドに仰向けになる。

パンティ一枚の美女の裸体は、見ているだけで興奮する。スレンダーなのにおっぱいも下腹部も充実していてエロすぎる。

生乳は寝そべっていても、ツンと上向いて、ため息が出るほど美しい。触ってもいいのかとためらうほどである。

それでもなんとか手を伸ばして、ふくよかなふくらみを静かに揉んでいく。

とろけるようなふわふわっとした感触に、指を押し返す弾力もある。

(す、すげっ……！)

手のひらをいっぱいに広げてみたが、まったくつかめない。

仕方なく、今度は下からすくうようにして、たぷたぷと震わせたりする。

（ぼ、僕……里緒ねえのおっぱいに触れてる……なんだこれ……マ、マシュマロみたいだ）

柔らかいのに弾力もすごくて、指を跳ね返してくるようだった。

「やんっ、何そのエッチな揉みかた……まあ仕方ないか、童貞だし」

ニヒヒと笑う里緒は、どうもまだ余裕ぶっていて、姉と弟がじゃれているのを楽しんでいるみたいだ。

（くうう、余裕綽《しゃくしゃく》々って感じでくやしいな……くっそ、見てろよ）

純也は思いきって、里緒のふくらみに顔を埋めた。

「あんっ……な、何よ、赤ちゃんみたいに、いきなりッ」

里緒はやれやれという風に、頭を撫でてくる。

（ぬううっ……おっぱいに……顔が埋まって天国だ）

うっとりしつつも、手を伸ばして乳房を揉み、さらに乳頭にむしゃぶりつき、チュッと吸い立てる。

「ンっ……」

その瞬間、里緒が顔をのけぞらせて、身体をビクッと震わせた。

(おっ……?)

その様子を上目遣いで眺めつつ、口の中で乳首を舌先で舐め転がした。

「あっ……あんっ! いやっ……ちょっと……マジ? いきなり吸うなんて……」

里緒が慌てたような声を漏らして、身をよじらせる。

様子が変わって、余裕がなくなったような焦った顔をしている。

「里緒ねえ、も、もしかして感じた?」

お返しとばかりに、純也が乳首から顔を外し、ニヤリと歯を見せると、

「ば、ばかあ。そんなわけないでしょ」

そんな反論をしつつ、里緒の顔は真っ赤だった。

(やっぱ、ちょっと感じたんだな……)

自分より六つも下の、しかも童貞だと思っている義弟に愛撫なんかできるわけはないと、余裕を見せていたのだろう。

もちろん自分にテクなんてない。

が、フェラされた経験はある。ゼロとイチでは違うのだ。

そんな適当な自信を胸に秘めて、揉みしだいていたおっぱいをさらに舐めると、

「あっ……待ってっ。それだめっ……純也っ、んんっ……」

里緒はそれまでの小悪魔キャラを崩すように、悩ましげな吐息を漏らして、女の顔を見せてきた。

（くうう、里緒ねえって、感じてるときはこんなに可愛らしくなるんだ）

日常的に里緒に興奮していたのは間違いない。

だけど今、こうして組み敷いたことで、リアルな恋人に対するような「好き」という感情が高まってきてしまった。

（やばい、僕……里緒ねえのことも本気で好きかも……）

今まではグラビアアイドルを見ているような憧憬《どうけい》だったのに、リアルに好きを感じて自分のものにしたくなった。

「り、里緒ねえ……僕……」

熱っぽい顔をして見つめると、里緒は目の下を赤らめて、視線をそらした。

「ば、ばかっ。何、いきなり真面目な顔するのよ」

照れている。

（か、可愛いっ……！）

クールビューティで、普段は憎まれ口ばっかりで、童貞だからとからかってくる高飛車な義姉が、こっちを男として意識しはじめている……。

のではないかと勝手に思った。

（いや、きっとそうだ……里緒ねえも意識してるっ……）

うれしくなって、Tシャツを脱ぎ捨て全裸になって、パンティ一枚の姉をしっかりと抱きしめた。

好きという気持ちを込めて、首筋に唇を這わせていく。

「やんっ、そんなことしていいなんて言ってないっ……くすぐったいってば、純也っ……あっ……あっ……」

里緒の声が、せつなげで色っぽいものに変わった。

猛烈に昂ぶった。

さらに舌を這わせていく。

「待って、ちょっと……だめってば……ねえっ……」

里緒が戸惑った声を漏らす。

まさか童貞にここまで責められるとは思わなかったのだろう。ちょっと胸がすくような思いで、乳首をキュッとつまむと同時に、もう片方の乳首に吸いついた。

「あんッ……！」

とびきりエッチな声が里緒の口から出て、思わず中断して里緒を見た。

里緒はもう耳まで真っ赤で、今にも泣き出しそうだ。

「り、里緒ねえ。今の、き、気持ちよかった？」

おそるおそる訊くと、里緒は枕を手に取って、それで顔を隠しながら、こくんと小さく頷いて言った。

「まあ、わるくない……かもね……それくらいなら、してもいーよ」

「い、いいんだね。つ、続けるね」

純也が訊くと、里緒は枕で顔を隠したまま再び、こくっと頷く。

（くうううう―、かっ、可愛すぎるよっ、里緒ねえっ！）

いつもの生意気な姿と、感じてしまったことに恥じらう姿のギャップが猛烈に萌《も》える。

再度、乳首にむしゃぶりついて、乳房を揉みしだく。

「ん……むぅぅ……んんっ……ンンッ」

里緒は声を出すものの、枕で顔を隠したままだから、くぐもってはっきりと聞き取れない。

だけど、おっぱいを揉むたびに、スレンダーな肢体がいやらしくよじられたり、腰を浮かせたりしてくるのだから、感じていることは間違いない。

純也はいちかばちか、里緒が抱えていた枕を奪い、部屋の隅に放り投げた。

(うわっ……！)

そこには、切れ長の目を潤ませている義姉の淫らな顔があった。

「な、何すんのよっ」

「何って、み、見たいんだもん。里緒ねえの感じてるエッチな顔」

「そ、そんな顔してないわよっ！」

強がるものの、さっきまでの余裕はまるでない。

「ウ、ウソつけっ」

純也は義姉の様子を見ながら、乳首をねろねろと舌で舐めあげた。

「あっ……はあんっ……ンッ……」

すぐに里緒の体はビクッとして、慌てたように口元を手の甲で隠した。

さらにトップを舐めしゃぶると、

「んっ……んんッ」

里緒は目をつむって顎をせりあげ、手の甲で口を隠しながらも、苦しそうに「ふーっ、ふーっ」と、息を荒げていた。

いじらしい仕草だった。

童貞ではあるものの、里緒のこの反応を見ていたら、がぜん勇気と余裕が生まれてきて、もっとじっくりと乳輪などに舌を這わせたりした。すると、

「んふっ……ハアッ……ああんっ、あっ……だめっ……純也っ、そんなにしたらっ、やばいって……やはあんっ……ああ……もうサービスはおしまいっ」

もう手で口元を隠すのもつらいようだ。

ますます里緒の声が、甲高《かんだか》くてエッチなものに変わっていく。

（おしまいなんて言ってるのに……感じてるぞ）

ものは試しと、少し強めに乳首をチュウウと吸えば、

「んっ、だめっ……純也ってば、おっぱい好きすぎだよっ……あんっ、やぁっ！」

と、よがるのだから、強くするのが正解らしい。

「ど、どーだっ、童貞なんてバカにして、弟に感じさせられるって……」

くやしくて挑発してみた。

だけど里緒は怒るかと思ったら、うるうるした目で、

「うん……純也って、童貞のわりに意外とじょーずだね……おねーちゃん、びっくりしちゃった。すごく気持ちいい……これなら彼女もできそうね」

アーモンドアイが細められて、色っぽく媚びた表情で見つめられる。

あまりにエロくて、うっ……と息がつまった。

もうここまできたら、とまらなかった。

感触を確かめるように、背中から腰、そしてパンティを穿いた下半身へと手を下ろしていく。

太ももを撫でつつ、いよいよ義姉の魅惑の部分に触れようとしたときだ。

「ねえ。触るのは待って」

えっ、と里緒を見た。

里緒は恥ずかしそうに横を向いたまま、

「おねーちゃんのアソコ、興味あるんでしょ？　見るだけなら、いーよ。いい？　見るだけだからね」

息を呑んだ。

里緒がパンティ一枚の股を開いたからだ。

(見るだけなんて無理！　もう入れたいっ……僕のものにしたいっ……)

義姉の股間を見て、理性が一気に吹き飛んだ。

パンティを強引に下ろすと、大きく股を開かせて、滾《たぎ》った肉棒を押しつけた。

「えっ？　ちょっと！　純也っ。何するのよっ」

里緒が上体を起こし、驚いた顔をしている。

「ちょっと！　見てもいいって言ったのよ。あんた、何考えてんのよっ」

里緒が睨みつけてきて、脚を閉じようとする。

だがもう純也の目には……義姉のピンクのおまんこしか見えていなかった。

「だって、もうガマンできないよ。ここまでしたんだし……」

「……だからってエッチするのは違うでしょ。あんた、義理でも姉と弟よ。わかってるの？　エッチなことして、からかったのは、おねーちゃんが悪かったけど……」

「ずるいよ、今さら。こんなにしたの、里緒ねえのせいだからね。入れたいよっ、里緒ねえの中に」

「あんたねえ……大事な一線を軽く超えようとしないでよ。もうっ、これだから、男って……キャッ」

無理矢理にベッドに押さえつけ、ギンギンの切っ先を秘所に押しつける。

義姉のおまんこは麗《うるわ》しいサーモンピンクだ。

興奮しきってちゃんと観察できないけれど、はちみつをこぼしたみたいに、ぐっしより濡れているのはわかる。

（濡れてる……受け入れ態勢できてるじゃないか……）

もうとまらなかった。

「り、里緒ねえ！」

腰を押しつけて挿入しようとした、そのときだった。

パーンッ。

乾いた音が鳴って、右の頬に衝撃が走った。

痛みで右耳がジンジンする。

純也は頬を押さえて見れば、里緒は目に涙を浮かべて、じろりと睨んでいた。

「ばかっ！　ヘンタイっ！」

思いきり蹴飛ばされて、純也はベッドから転げ落ちる。

里緒は散らばった自分の服を集めると、腕に抱えたまま、部屋から出ていってしまった。

（途中までいい感じだったのに、わかんないなあ、もう……）

わかっているのは、これで義姉とは最悪の関係になるんじゃないかってことだった。

第四章　とろめきの初体験

1

こんなにも起きたくない朝はなかった。

といっても、ずっと寝ているわけにもいかず、朝食を取ろうと下に降りて食卓に向かうと、すでに里緒は起きていて、いつものサラダを食べていた。

「あ、あの……おはよう……」

こっそりと里緒の隣に座ろうと思ったら、じろりと睨まれた。

(こっわ……)

もう何も言えずに、そそくさと椅子に座ると、真理子が朝食のプレートを置いてくれた。

「純くん、眠れなかったの？　お目々真っ赤よ」

義母が心配そうに言う。

「えっ……あははは、ちょっと色々考えちゃって……」

と、ちらり横目で里緒を見るも、こちらを無視して、むすっとした顔でスープを飲んでいる。

（な、なんなんだよ……元はといえば里緒ねえが、からかってきたのに……）

昨日は朝からおっぱいを押しつけてきて、股間を撫でてきた。

さらに夜になったら勝手に部屋に入ってきて、裸を見せ合いっこして、しかもセックスのまねごともＯＫしてくれた。

あそこまでいったら、健康的な男がガマンできるわけはない。

ましてや相手は義理の姉とはいえ、神々しいほどの美人なのである。童貞がエッチしたいと暴走するのは当然の結果である。

（したかったなあ……けど……しなくてよかったような気も……）

母である真理子とあやまちを犯し、さらに姉とはセックス……なんて問題がありすぎる。

父親も起きてきて、四人で朝食を取っていると、

「里緒、そういえばカレシと別れたんだってな」

父がデリカシーも何もない発言をすると、里緒は立ちあがり、

「ごちそうさま」

と、席を立った。

後ろを通るときに、ペシッと頭を叩かれた。何かと思ったら里緒はクスクスと笑いながらダイニングを出ていってしまって、本当になんなんだろうと、純也は首をかしげるばかりだ。


大学にいる間中、ずっと里緒のことを考えてしまっていた。

今朝、怒っていたと思っていたら頭を軽くはたかれて、笑いかけられた。

あれは一体、どういうつもりだったのか。

その夜。

ベッドで悶々としながら寝ていると、コンコンと小さくノックされて、純也はビクッとした。

置いてあるスマホを見れば、もう深夜の一時近くである。

「……起きてる？」

ドアの向こうから聞こえてきたのは、里緒の声だった。

「う、うんっ」

慌てて起きあがると、里緒が入ってきた。

（おおう……ッ）

その格好があまりに好みで、思わず声をあげそうになる。

里緒が着ていたのは、だぼっとした男物のような大きめのトレーナーを着ただけという格好で、太ももが半ばまで覗けていたのだ。

（男の欲望のまんまの格好だ……ま、まさか……下は穿いてないとか、パンティ一枚とかじゃないよな）

合わせて、長めの袖《そで》からちょこんと指だけ出ている着方が可愛らしくて、童貞はときめいた。里緒は入ってきて、なぜかちょっと恥ずかしそうにしている。

「里緒ねえ……ど、どうしたの」

「別に。眠れないから……」

そう言うと、そのままベッドに来て座った。

ロングヘアが後ろで結わえられていて、いつもより大人びた、二十四歳の女であることを感じさせてくれる。

さらに隣まで来れば、風呂あがりのいい匂いが髪の毛から漂い、男臭い部屋が一気に甘い香りに包まれる。

「昨日はごめんね」

里緒がいきなり謝った。

「えっ」

「ほら、ビンタしたこと」

「あ、ああ……」

「あそこまでしちゃったら、その……そういう気持ちになるよねえ。若い男の子だったら、ね」

「な、なるよっ、それは……」

そこまで返答して、息がつまった。

里緒が目の下を赤くして見つめてきたからだった。

(な、何か昨日と雰囲気違うな……)

美人の上目遣いが、身をよじりたくなるほど可愛らしい。

里緒はすっと近づいてきて、ぽつりと話しはじめる。

「付き合っていた彼氏が昔、すぐに入れようとしてきてさ……それと純也がダブッて見えて、むかっとしたのよねえ」

いきなり生々しい性事情を聞かされて、純也は顔を曇らせる。

でも拒まれた理由には、なるほどと思った。

里緒は照れ隠しか、へへへと笑った。

「……だから、まあ……寂しかったったのかなあ……」

ベッドの上で里緒が体育座りした。

(おうっ)

視線が里緒の股間に釘づけになった。

やはり、トレーナーの下にはショーパンなどは穿いておらず、白いパンティだけだったのだ。

「さ、寂しかった……ねえ……」

相づちを打ちつつ、もう意識は義姉の魅惑の純白パンティに吸い寄せられている。

里緒はハッと気づいて脚を閉じ、じろっとこちらを睨んできた。

「……エッチ」

「い、いや、そんな……だって……っ。そんな挑発的な格好で来るんだもん。昨日の続きしちゃうぞ」

「おーおー、威勢がいいねえ。童貞のくせに、やる気なの？」

里緒はちょっと笑って、すぐに黙った。

ベッドの上で、ふたりの視線が交錯する。

やはり、里緒の態度が昨日と違う風に感じた。

(寂しいって僕に言うってことは、まさか……覚悟ができて、僕とシテもいいとか？)

ドッ、ドッ、ドッ、ドッ。

また心臓の音が激しくなって、息苦しくなってくる。

「り、里緒ねえ……」

耳鳴りがする。

ハアハアと息が荒くなっていく。

義姉の切れ長の目が、半分瞼が落ちかかってとろけきっていた。

「昨日はいきなりだったからさあ……でも、今日は……いいよ、したいんだったら」

ゾクッとした。

いつもと違って真顔の誘いだ。

純也が近づくと、里緒も身体を寄せてきた。

顔を近づけていくと、里緒がゆっくりと目をつむり、わずかに唇を突き出した。

もうやるしかない。

軽く唇を合わせると、理性がぶっとんだ。柔らかな唇を味わいたいと、唇をギュッと押しつける。

「ん……ンフッ……ンン……んちゅ」

里緒が背中に手をまわしてきた。

ぶかぶかのトレーナーの袖から指先だけ出した手で抱きしめられると、愛《いと》おしさが増していく。

しかもだ。

「う……んんう……」

里緒は悩ましく鼻息を漏らしながら、舌を入れてきた。

(え？　うわわわわっ。舌が、里緒ねえの舌が……口の中にっ)

いきなりの大人のベロチューに、早くも興奮がピークだ。こちらも夢中になって舌を差し出してからませていく。

(なんだこれ……僕……キスしてるんだ……里緒ねえと、キス。ママとのキスより、かなり深い本気のベロチューだ。ヤバい……)

口の中がとろけていくようだった。

ぼうっとしつつも、里緒の甘い唾やミントのような呼気や、唇の柔らかさを感じたいと必死に舌を動かしていく。

（くうっ……キスって気持ちいい……頭、ぼーっ……とする）

キスはなんとなくセックスよりも、お互いの気持ちが大事だと感じていた。

今は……里緒はまるで恋人のように情熱的に口の中を舐めまわしてくる。こんなの絶対に好きじゃないとできないよなあと思うと、胸にジーンときた。

「んうぅっ……んぶっ……んちゅっ……あんっ、舌の使い方、上手よっ……純也。気持ちよくなっちゃう……んちゅっ……」

ぷるんとした唇に何度も口を塞がれ、唾液でねとついた舌で、ねちゃねちゃと音を立てて口の中をたっぷりと舐められる。

全身がむず痒くなるくらいの強烈な刺激だった。

（ああ、里緒ねえ……）

ミニスカート姿のパンチラやキャミソールから見えた横乳やらで、何度抜いたことだろう。

真理子は純粋に性的な欲望だった。

だけど里緒の場合は、恋人同士になって、キスしたり身体をまさぐり合ったりするイチャラブを夢見ていたのだ。

まさか、こんなことが現実になろうとは……。

純也は激しく昂ぶり、里緒のトレーナーの裾をめくってパンティ越しのヒップを撫でつつ、舌で姉の口の中をまさぐっていく。

「んふっ……ンンッ……」

里緒も興奮してきているのか呼気が荒くなり、舌で純也の歯茎や頬の粘膜までまさぐってきた。

(ああ……そんなにエッチな舌の使い方……苦しいけどっ……気持ちいい……)

目をつむって、ハアハアと荒い息をこぼしながら、ちゅくちゅくと唾液の糸がしたたるほどに濃厚なベロチューにふける。

その間に、里緒の手が股間をいやらしくこすってきた。

(う、うぐっ……)

いかにも経験あるといった手つきで撫でられると、もう勃起はギンギンで、苦しくてたまらなくなってきた。

「ンッ……んううんっ……り、里緒ねえっ」

ギュッと抱きすくめると、里緒は首に腕をからめてきて、イチャイチャと自ら抱きつくようにしてキスを仕掛けてくる。

（ゆ、夢みたいっ……こういうのしたかったんだよな……）

ぼうっとしながらも、里緒をベッドに押し倒す。

そうしてぶかぶかのトレーナーをめくりあげて脱がすと、ノーブラのおっぱいが、ぼろんとこぼれ出た。

（むううう。やっぱりデカいっ）

昨日よりは少し冷静におっぱいを眺められた。

やっぱり美乳だ。感動しつつ、おっぱいに吸いついた。

「ああんっ」

里緒がビクッとして、腰を浮かせた。

純也は興奮と熱い疼きを発散させようと、ズボンのまま腰を押しつけてパンティ越しの秘部をこすってしまう。

「あんっ……ウフフっ」

里緒も腰を押しつけてきた。

ハッとなって顔を見ると、ニヤニヤと笑っている。

「アハッ……可愛いのね。ガチガチのオチンチン、おねーちゃんで気持ちよくなりたくて必死なんだ」

「そ、それはだって、そうだよ……もうガマンできないよ」

「ねえ、あたしの身体、どう？　スタイルなかなかでしょ。私の身体でオチンチン気持ちよくして、ピュッピュッしたいって言ってごらん？」

またからかうように言ってくるものの、昨日と違うのは里緒がずっと首に手をまわしてきていることだった。

「ん？　ほら、ちゃんとおねだりして」

ぐにぐにと肉棒を撫でてくる手が、裏筋を這いあがってきて、純也は「うっ……」と身悶えながら義姉を見入る。

「……うう……言うよ。里緒ねえ、好きだっ……大好きっ」

欲望を素直に口にすると、里緒の顔は火がついたように真っ赤になった。

「ばっ、ばかっ……好きとか、余計なこと言わなくていいからっ」

里緒が照れている。ちょっと驚いた。

(好きだって言われてうろたえるなんてなあ……生意気なのに可愛いんだから……くっそー。里緒ねえのカレシになりたいっ)

拗《す》ねたり、ツンツンしたり、高飛車だったり。

それでいて、ふたりきりだとデレるのだから、もう男としては自分のものにしたくてしょうがない。

「里緒ねえ……ぬ、脱がすよ」

白いパンティに手をかけて、するすると下ろしていき爪先から抜き取った。

薄い繁みのある股間が、もじもじと恥ずかしそうに動いている。

艶《なま》めかしい裸体を凝視しながら、純也はTシャツを脱ぎ、ズボンとパンツも下ろして、里緒の足元に膝立ちした。

「あん……オチンチン、ガチガチね……おねーちゃんの身体で、こんなになっちゃうんだ」

「そうだよ、だから……すぐに入れないからさ、里緒ねえ、脚……開いて。昨日、ちゃんと見えなかったから」

「ホントよ。何も言わないで入れちゃやだめよ」

姉は弟の前でゆっくりと脚を開いていく。

(おおおおお！)

食い入るように見た。

みっしりと生えそろった草むらの奥に、むわっと湯気の立つような、熱気に満ちた女の秘唇がある。

脚を開くにつれ、亀裂の中身があらわになっていく。

ピンクの媚肉が、みっちりとひしめいているのがはっきりと見える。

（ママと違って、おまんこの亀裂が小さい。こんなとこにチンポって入るのかな？）

生意気な態度とは裏腹に、慎ましやかなおまんこだった。純也は瞬きも忘れてじっと見てしまった。

「あン……ちょっと……」

里緒が、咎めるように睨んできた。

「いいとは言ったけど、そこまでマジマジ見ないでよぉ」

「ご、ごめん……」

気を取り直して顔を近づけると、磯《いそ》っぽい匂いが漂った。

そっと指でスリットを撫でつつ、小さな穴をまさぐる。狭い穴に指を押し込むと、窄まりにぬるっと指が嵌まっていく。

「あンッ……」

里緒が大きく腰を跳ねさせた。

ぬちゃという音がして、指先に甘蜜がまとわりついてくる。

(すごいな、もう濡れてる)

自分の拙《つたな》い愛撫で濡れたことがうれしかったけど、それよりも、他の男でもこんなにすぐに濡れるんだろうかと思うと、理不尽な怒りもこみあがる。

そんなことを思いつつ、ぐっ、と奥まで指を届かせると、

「あ……ああん……そう、そこっ……いいわ。ゆっくりと動かしてみて」

里緒に言われた通りに指を出し入れする。

ちゅく、ちゅくっ……。

水音が立ち、新鮮な蜜がたらたらと奥から湧き出してくる。

(奥がすごく熱い)

それに加えて、ざらざらした天井のような場所が、生き物みたいにうねっている。

「す、すげー……里緒ねえのおまんこ、食いついてくる」

「……感想言うなっ。恥ずかしいから。そうでなくても、純也に全部見られるって、すっごい羞恥プレイなんだから……」

さすがに脚を開いて、おまんこの穴をいじられていると余裕がないらしい。

もちろんこっちだってギンギンだ。

だけど自分が気持ちよくなる前に、義姉を気持ちよくさせようと、必死になって指を抜き差しする。

「ンンッ……んっ……んっ……」

ぬちゃぬちゃと卑猥な音がさらに湧き立ち、奥から蜜がとろとろとあふれてくる。

いやらしい性の匂いが美姉の股から漂った。

「んっ、んんっ……あっ、あっ……はぁっ……ああんっ……はああんっ」

何度もしつこく、にちゃ、にちゃ、にちゃ、にちゃ、といじっていると、里緒の目はとろんとして、吐息が甘ったるいものに変わっていく。

もう憎まれ口を叩く余裕もないらしくて、眉がつらそうに歪んで、宙を見つめている。半開きになった唇がエロティックだ。

「き、気持ちいい？」

いじりながら耳元でささやくと、里緒は小さく頷いた。

「……やばいかも」

「や、やばいって……？」

里緒は泣き顔でこちらを見てきた。

「……イッちゃうかも……」

「え？　ええ！」

うろたえた。うろたえすぎて心臓が痛くなる。

（イク？　里緒ねえが……僕の指で？　ウソだろう）

からかっているのかと思った。

だけど里緒の表情を見れば、もう目尻に涙が浮かんでいて、これが演技だったら怖いくらいだと思う。

「ま、まじで？」

今までと全然違う、女の弱い部分を見せつけられて、もうキュンキュンだ。

どうすればいいのかと慌てつつも、とにかく必死で奥をこすると、

「アンッ……そ、そこ……そこの裏側、すごく気持ちっ……いっ……」

「こ、ここ？」

指をぐりっとまわしたときだった。

「はんっ！」

いきなり里緒が声をあげて、全身が痙攣《けいれん》した。

瞬間、膣圧が高くなり、指の根元が痛いくらいに締めつけられる。

「ああっ……アアン……んんっ……だ、だめぇぇ！」

里緒はギュッと目をつむり、何度も腰をガクガクとうねらせてから、やがてぐったりして、うつろな目で見入ってきた。

「もしかして、今の……」

義姉は照れて笑った。

「……ああん、童貞にイカされるなんてっ、バカみたい……」

目を細めて頬をふくらます。

やはりイッたんだ。感動した。

「り、里緒ねえ……僕……」

「……純也……あたしとエッチしたいんだよね？　初エッチよね」

いよいよクライマックスだ。

何度もこくこくと頷くと、里緒は仕方ないなあと嘆息した。

2

「下に聞こえないようにね。教えてあげるから……」

里緒が注意してきて、純也は頷いた。

「でも、あんた……ゴムなんかないよねえ」

純也は机の引き出しを探し、一度だけ練習で使ったコンドームの箱を、里緒の目の前に差し出した。

「どうしてあるのよ。彼女とかいないのに」

「えっ……どうしてって、そりゃ……」

もごもごと口ごもっていると、里緒がニコッと笑った。

「フフッ。そーか、練習しようとしてたってわけか、可愛いね」

まるっきり子ども扱いだけど、もうそんなことどうでもよかった。

(ああ、ホントに……里緒ねえとヤレるんだ……)

里緒のような恋人がいたらなあと、何度も想っていた。

改めて、横たわる義姉を眺める。

Ｆカップの巨大なふくらみから、くびれた腰つき、そしてぶわっと横に丸みのあるヒップへ続くナイスバディ。

ヤリたかった。

たまらなくヤリたかった。

おそるおそるゴムをつけて、里緒の脚を開いていく。

「ゆっくりね」

「う、うん……」

罪悪感はある。義姉との交わりなど、許されるものではないだろう。

しかし、好きすぎて、もうどうにもならなかった。

(き、緊張するっ)

やり方は一応、知っているつもりだ。

といっても初めてなので、平静を装いつつも、もう心臓が破裂しそうである。

いきり勃《た》つイツモツの根元を持ち、スリットに向けて腰を押し進めていくと、窪んだ部分があった。

(あっ……ここ……?)

押しつけると、

「あっ」

軽く切っ先を押し当てただけで、義姉は声を漏らして身体を震わせる。

表情を見れば、緊張して強張《こわば》っているのがわかる。

教える、という体であっても、やはり弟とヤルというのは背徳感にさいなまれるのではないか……こちらも、もちろんそうだ。

（新しくできたお姉ちゃんとセックスする……ひとつになる……童貞じゃなくなる）

興奮で頭が沸騰しそうだった。

ゴムをつけたペニスはビクビクと脈動し、自分でも驚くほどみなぎっている。

里緒の膣穴が小さいので入るだろうかと心配していると、愛液とゴムのすべりがよかったのか、濡れた入り口を押し広げる感覚があり、ぬるりと嵌まり込んでいく。

「あ、あンッ」

里緒が、大きく顔を跳ねあげた。

（うっ、やっぱ、せまっ……）

肉棒を奥近くまで無理に押し込んでいくと、膣肉はすぐさま、しゃぶりつくようにペニスに吸引してきていた。

（くうう……これが里緒ねえの中……ああ、これがセックスなんだ……気持ちいいなあ、うわあっ……腰が震えるっ）

義姉の中はぐちょぐちょしていた。

そしてあったかかった。

温もりと強烈な締めつけに、ますますイチモツが硬さを増す。

「んんっ……あはぁぁ……ああんっ、硬いっ……」

見れば、里緒の美貌がつらそうに歪み、わずかに目尻に涙が浮かんでいて、ドキッとする。

「い、痛い？」

「んっ……」

薄目を開けて、こちらを見ながら里緒は首を横に振る。

「……ちょっとだけ。痛くはないんだけど……なんか……純也のオチンチンって、すごく奥までくるね……ンッ……」

（お、奥まで入ってるって。たしかにそうだよな……）

はっきりと義姉とつながっているのを認識する。

ウソみたいで、夢みたいだ。

でも性行為をしている。こんな美人と……。

耳鳴りがするほど興奮しているから、まるで夢の中のようだった。高熱にうなされているみたいに視界がぼんやりして、乱れた呼吸音が耳の奥から聞こえてくる。

「ああんっ……ね、ねえ、これ、あたしたちだけの秘密よ。姉と弟なんだから……」

「わ、わかってるよ」

里緒にとっては、失恋した寂しさを紛らわすためだとわかっている。

それでも、姉と弟でも……里緒は好意めいたものを持ってくれているんだろうと思うと、それだけでうれしくなる。

「う、動くよ、里緒ねえ」

訊くと里緒はわずかに頷いた。

もっと気持ちよくなりたい。こすりたくてたまらない。

やり方などわからないが、夢中で腰を動かした。

「ンッ……」

里緒がビクッとして、シーツを握りしめる。

ぎしっ、とわずかにベッドがきしむ。下で寝ている親に聞こえないかと、ちょっと不安になりつつも、快楽に負けて抽送《ちゅうそう》を繰り返す。

「ンッ……ンッ……あぁんっ……」

里緒も、ハアハアと次第に息を荒げていき、色っぽくとろけて女の表情になる。

もう欲望はとまらずに、純也は自分の腰をぶつけるようにすれば、義姉のFカップバストが上下左右に、ばゆん、ばゆん、と揺れている。

「あんっ……やだっ、やっぱ、純也のおっき……ンウウッ」

里緒は艶めかしい表情で、大きくのけぞった。

揺れる乳房が目の前にある。夢中でおっぱいを両手でとらえて揉みしだき、指に馴染む感触を味わい尽くすように、乳首もつまんだり、指で押したりすれば、

「んふうン……ああっ……はあんっ……だめっ、そんなにいじったら……あんっ」

いつもは生意気な里緒の声……それが、今はハートマークがつくぐらい甘く媚びたものに変わり、ぽうっとして見つめてくる表情が、やたらとセクシーだった。

「くうう、すげえっ」

思わず言うと、里緒は顔を歪ませながらも、へへっ、と笑い、

「あたしも……あんっ……いいっ……純也のオチンチンの先が奥にこすれて……あんっ、頭、痺れちゃう……ああん、おかしくなるっ」

次第に義姉の余裕がなくなっていくのがわかる。

切羽つまったような表情で、時々目をつむったり、視線を宙に彷徨《さまよ》わせたりしながら昇りつめていっている。

「ねえっ、ねえっ……」

はっ、はっ、と息を吐きながら、義姉がとろけ顔で訊いてくる。

「ねえっ、おねーちゃんとエッチすんの、気持ちいい？」

「……い、いいよっ。気持ちいいっ」

素直に言うと、義姉は照れくさそうな顔をした。

「あたしも……やばいね、これ……純也のが奥まできて……今までで一番気持ちいいかも……」

憎まれ口の義姉も、今は素直だった。

そんな義姉を愛しいと思うままにギュッとハグして、さらに腰を動かしていく。

「ンッ……それっ……好きっ、ギュッとされるの気持ちいい……」

耳元で甘くささやかれる。

もう恋人同士の交わりだった。

すべてが欲しい……挿入して抱きしめたまま、首筋から肩からデコルテから、何度もキスを浴びせていく。

「里緒ねえっ！」

チュッ、チュッ……ねろっ、ねろっ……じゅるっ……ちゅぱぁっ。

「ンン……ああんっ、それ好きっ。おねーちゃんに、もっとキスして……ン……そうっ……そうやって、あはんっ……キスマークつけていいからっ……あううん、感じるっ。すごい気持ちいいっ」

身をよじりながら、里緒が興奮気味に言う。

純也も興奮しながら美姉のしっとりした肌に吸いつき、唾液をまぶすように舐めまわしていく。

もうふたりとも湯気が立つほど汗ばんでいる。全身が熱く火照《ほて》っていた。

その汗の塩っぽい味と、肌のむせるような匂いを味わいながら、いよいよ激しくピストンする。

「あっ、あっ……んっ、んっ……すごっ……おっき……ああんっ、純也のオチンチンすごくてっ……あんっ、だめっ……腰、抜けちゃうっ」

里緒の大きく開いた口から、甘い声がひっきりなしに漏れている。

打ち込むたびに眉間に悩ましい縦ジワを刻み、今にも泣き出さんばかりの悩ましい表情だ。

ロングヘアは結んだのが外れてシーツに広がり、乱れ髪の色っぽい様相を見せつけている。

ぬぷっ、ずちゅっ、ぬちゃつ、じゅぷっ……。

ハアッ……はっ……はっ……はっ……。

抜き差しによる膣奥の蜜音と、荒々しい吐息が混ざり合い、いよいよベッドがギシギシと激しい音を立ててきた。
濡れきった膣奥からは新鮮な愛液があふれ、生々しい獣じみた匂いが強くなっていく。
頭がどうにかなりそうだった。
それでも必死に里緒の細い腰をつかみ、さらに奥までがむしゃらに突いた。
「あっ！　あぁっ、あぁっ……そんな……だめっ……あぁんッ！」
里緒の腰が乱れてくねり、いよいよ欲しがるように腰をせり出してきた。
（くぅう……）
快楽が、興奮が、くらくらするほど全身を貫いていた。
美しい義姉とセックスしている。
その禁忌《きんき》がなんとも言えぬ背徳のスリルと、愉悦を味わわせてくれる。
いつしか純也の部屋は、ふたりの濃厚な淫臭で満たされていた。
「純也……やば……気持ちよすぎるっ……はあんっ……」
里緒は指を噛んで、まるで快楽の渦から身を守るように打ち震えている。
こんな美人でエロい義姉が、誰かのものになる。
嫉妬が湧いた。

誰かのものになんかしたくない。

純也のストロークはエスカレートしていく。

「あんっ、深いところ……当たってるっ……すごい、オチンチン、奥まで……あン、もっと余裕を見せてリードしたかったのに……ああんっ……無理ィ……もっと突いて、里緒をめちゃくちゃに突いてっ……！」

揺れ弾むバストの乳頭が、もげそうなほど尖りきっている。

純也は夢中になって背を丸めて、乳首をチューッと吸いあげた。

「ああんっ、だめっ……ああん……アン……それっ……あっ……やば、純也っ、だめえっ……だめえっ……」

里緒が不安そうな顔を見せて、いやがるような声を漏らす。

だが両脚は腰にからみついてきて、まるでチンポを離したくないという感じで、膣が、今までになくギュッとペニスを食いしめてくる。

暴発してしまいそうだった。

「ぐうう。僕……も、もう」

「ああんっ、あたしも、もう……ねえ、ねえっ……ちゃんと射精できそう？　大丈夫？」

もう限界だろうに、里緒は姉らしく、こちらが気持ちいいかと心配してくる。

(そんなのズルいっ)

心がジーンとした。背中がゾクゾクする。

チンポがばかになりそうだ。

「う、うんっ……もう、出そうっ」

「ああん……い、いいわ……あたしも、イキそうっ……すごいの……ああんっ、すごいのきてるから、一緒にいこっ、あっ……はあああんっ……」

義姉に力強くギュッと抱きつかれると、もうどうにもならなかった。

「で、出るっ……」

「ンッ……ああんっ……」

里緒が腰をガクンガクンとうねらせて、雑巾を絞るみたいに膣肉でペニスを締めつけてきた。

「くっ……！」

切っ先からゴムの中に、熱い精が放たれる。

恐ろしいほどの快楽だった。

脊髄が痺れるくらいで、身体がばらばらになりそうだ。意識は白くなって脳天まで鋭い快楽が走り抜ける。

「あんっ……純也っ、ゴム越しでもわかるくらいっ……すごい熱いのいっぱい出してる。直接浴びたら妊娠しちゃいそう」

里緒はハアハアと肩で息をしながら、うっとり見入ってくる。

純也はその唾液で濡れ光るピンクの唇に吸いついた。お互いに抱きしめ合いながら、舌をからませ、激しくキスに没頭する。

「んふっ……んうううんっ……」

じゅる、じゅるっ……と唾液の音を立てつつ、ふたりで唇をむさぼり合う。

Ｆカップのバストがギュッと押しつぶされる。

そのたわみや肌の心地よさを感じながら、純也は初めての恍惚《こうこつ》感にどこまでも流されていくのだった。

第五章　コスプレ美熟女に興奮

1

その日は風もなく、穏やかな快晴だった。

ゴールデンウィークのはじまり。春めいた陽気。キャンパスライフ。

そして、優しい義母と義姉との新しい生活。

少し前まではこの陽気のように浮かれていたのに、純也の今は性的な欲望に餓えていて悶々とする毎日だった。

(やっぱ寂しかったからって、だめだよな、こんなこと)

里緒に夢中になりかけていた。だが、「家族に戻って」と言われて拒絶されれば、それ以上は言えない。

母の真理子から味わわされた、あの夢のような行為も、一度限り。

だけど。

以来、美しい母や姉に夢中になってしまっているのは、申し訳ないと思うのだがどうにもならない。

（いや、絶対にだめだ。あれをいい思い出に彼女をつくるんだ）

と目標を立てたものの、だ。

未だドギマギして、ふたりの顔をまともに見られないでいる。

今日もそうだ。

大型ショッピングモールに行くから、荷物を持ってくれと真理子に言われ、

「いいよ」

と、素っ気なく返事をしたものの、心の中ではデートと思っていた。

真理子の運転するクルマは、Ｋ沢通りを走っている。

あと十分ほどで目的地だった。

義母は運転しながら、純也に話しかけてきていた。純也は適当に相づちを打ち、助手席に座って窓を見ているフリをする。

風景なんてまるで目に入らない。

ちらりと運転をする真梨子を見るたびに、動揺していた。

（シートベルトがおっぱいの真ん中に食い込んで……形がはっきりわかるっ）

目をこらすと、真理子のサマーニット越しにブラジャーの模様まで透けて見える。

ハンドルを切るたびに、ニットの胸元がたゆんと揺れる。

袖口からは美しい腋窩《えきか》と薄ピンクのブラジャーが覗いていた。

胸元だけではない。

真理子はタイトなスカートを穿いているのだが、座っているからズレあがっていて
ストッキングに包まれたムッチリした太ももが見えていた。

「ねえ、訊いてる？　純くん」

「え、あっ……な、なんだっけ」

純也は慌てて、真理子の肢体から目をそらす。

「もう。だから誕生日のことよ」

「えっ……誕生……あ、僕？」

完璧に忘れていた。

明日が十九歳の誕生日だったのだ。

「そうよ。だけど、お父さんも里緒も今夜からいないから、パーティは別の日にする

として……」

「あれ？　父さんの出張は知ってるけど、里緒ねえも？」

「また友達のところに泊まるんですって。せっかく純くんの誕生日なのに。ん？　どうしたの？」

ハンドルを握りながら、真理子がちらりと横目でこちらを見た。

「こんなの初めてで……父さん、忙しかったから……プレゼントはくれたけど誕生日のパーティなんか初めてで」

ちょっと涙ぐんでしまい目を指でこする。

こんなことで泣くのはみっともないけど、うれしかったのだ。

「ウフフ、ケーキとか美味しいものつくるわね。あっ、それと今日と明日は私だけだから、純くんのお願いをひとつ、なんでも訊いてあげる」

「いや、そんな……誕生日パーティだけで十分だよ」

「どうして？　だって、せっかく家族になれたし……半年、まあ、その……いろいろあったけど……これからも仲良く暮らしましょうよ。だから、私でできることなら、なんでも聞いてあげたいのよ。考えておいて」

母親としての言葉に、純也はいたく感動した。

真理子は酔っていたときに純也にパンティまで脱がされて、イタズラされたこともわかっているのだ。

それでも怒ってないと言ってくれて、こうして誕生日まで祝ってくれる。

感謝せねばと思う。

（ママ……優しくて、すごくキレイで……ああ、どんどん好きになる……）

ふんわりとウェーブした髪から覗く横顔は、いつも以上に優美で愛らしかった。

くりっとした大きな目が愛らしいのに、口元のほくろが色っぽさを引き立たせており、上品で清楚な中にも女の色香をムンムンに漂わせている。

（お願い……か……）

頭に浮かんだのは、真理子とのセックスだった。

一度でいい。抱きしめてみたい……だけどもちろん、そんな願いは口に出せずに、考えておく、とだけ伝えるのだった。

2

その夜。

純也はベッドに入ってから、いつも以上に悶々としていた。

（うーん……寝られないっ）

もちろん、いや、もちろんというのもヘンだけど、母を思い浮かべて自慰行為を行ってからスッキリとベッドに入ったつもりだった。

だけど健全な十八歳としては、それくらいではダメなようで、瞼を閉じれば義母のフェラチオの感触や、悩ましい身体つきが頭から消えないのである。

（誕生日プレゼントにママが欲しい、なんてなあ……水でも飲むか……）

純也は起き出して、静かに階下に行く。

下に行ったときだった。

暗がりにわずかに声が聞こえた。父母の寝室からである。

（ママ、まだ起きてるのかな……）

耳を澄ませば、女のすすり泣きのようにも聞こえる。

なんだろうと近づいてから、寝室のドアにこっそりと耳を近づけると……。

「ああんっ……」

女の甘いヨガり声が耳に飛び込んできて、純也は息を呑んだ。

（ママの声……ひとりで寝ているのに、なんでこんなエッチな声を？　父さんはいないはずだよな……あっ！）

ひょっとして、ということが頭に浮かんだ。

普段は清楚でいい母親であっても、経験豊かな大人の女性である。

（もしかして、ひ、ひとりで……アレをしてるんじゃないか？）

きょろきょろとあたりを見まわし、そうだ、誰もいないんだと安心してから、そっとドアノブに手を伸ばす。

見たい。どうしても見たい。

ごめんっ、と心の中で謝りながら、静かにドアノブをまわしてみる。

鍵がかかっていると思っていたが、ノブはすっとまわり、わずかにドアが開いた。

母親の寝室を盗み見るなんていけないことだと思いつつ、もう真理子のことになると理性が働かない。

部屋を覗き込む。

ぼんやりとした光の中、ベッドの上で真理子が動いていた。下着だけのセクシーな格好で仰向けになって寝そべっている。

「んんっ……あっ……ぁはあん……」

鼻にかかる甘い声を漏らしつつ、真理子はベージュのブラジャーに包まれた豊満な胸を、みずからの右手で揉みしだいていた。

(やっぱり、オナニーだよな……あれ……)

じっくりと揉みしだかれて、真理子の乳房は形を大きく歪ませる。

その胸のふくらみは柔らかな餅みたいだ。

さらに義母の左手の指は、ベージュのパンティに触れていた。

レースつきのすけすけのいやらしい下着である。

(あんなセクシーな下着、ママ持ってるんだ……)

それだけでは飽き足らずといった感じで、真理子の指はいよいよベージュのパンティの中に潜って、もぞもぞと動いている。

(ああッ、ママが指で自分のアソコをいじって……)

淫靡な真理子の姿に、純也の股間はズキズキと脈動する。

「あっ……ぅうん……くうう……」

覗かれているとはつゆ知らず、真理子の指はさらに激しく動いて、浅ましく脚も開きはじめている。

「あっ……あっ……いい、あふんっ……」

右手で強く乳房を揉みしだくと、ブラが浮いて乳首まで見えた。

薄茶色の乳輪が大きくて、いやらしいおっぱいだった。

「あぁっ……ああんっ……」

真理子の腰が揺れて、白い陶器のような肌に汗が浮かんでいる。

美貌はもうくしゃくしゃくしゃに歪み、眉間に悩ましい縦ジワを刻みながら、吐息をひっきりなしに漏らしている。

「んんっ！　んぅぅぅ……」

真理子の声が一オクターブ高くなる。

パンティの中から、ぬちゃ、ぬちゃ、という音が聞こえてきて、ゾクッとした。

（おまんこを濡らしてるんだ……）

真理子の両の膝はあられもなく開ききり、熟れた細腰が物欲しそうに前後に揺れ動く。

眉は一層きつくハの字をつくり、乳房をつかむ手にも力が込められていく。

「んあッ……はぁあん……いいわっ、もっと……触って……」

なんという色っぽい声だ。

まるで誘っているようではないか。

（ああ、ママっ……父さんを想像してるの？　それとも別の誰か？　ああ、ママはやっぱりエッチなんだ。信じたくないけど……)

腰が浮いて、ベージュのパンティのクロッチ部分が丸見えになった。

中心部に、いやらしい愛液のシミが浮いてしまっている。

(ああ、見たいっ、もっと見たいよ、ママのエッチなところ)

普段の優しい笑みから想像もつかない義母の痴態に、もう肉竿はパンツとジャージを突き破らんばかりに隆起している。

純也は右手をパンツの中に入れて、直に熱い肉棒に触れる。

だめだ……と思うのに、もうとめられなかった。

カチカチに硬くなった勃起をこすっただけで、脳みそまで痺れるような甘美な快感がせりあがってくる。

ハアハアと息を荒げて、シコシコと手で根元を刺激する。

(ああ、ママ……ッ……)

痛烈な快楽が湧いてきて、爪先立ちするほどのけぞってしまう。

そのときだった。

ドアをつかんでいた手に力が入り、不可抗力でドアを開けてしまったのだ。

もう逃げられなかった。

うつろな目をしていた真理子の目が、驚愕に見開かれていた。

3

「じゅ、純くんっ！」

真理子は布団で身体を隠して、驚いた相貌を見せてきた。

（ま、ま、まずいッ……まずすぎるッ）

どう言い訳すればいいのか、頭の中が混乱していた。

覗いていたのは事実で、しかも股間は未だ硬くなりっぱなしだ。言い逃れはできない状況であった。

「あ、あの……」

なんとかそれでも言い訳を考えて切り出そうとすると、真理子が先に口を開いた。

「……純くん……そんな、ママを覗き見するなんて」

真理子は困ったような顔をして、ちらりと純也の股間を見た。

驚いたような、軽蔑したような顔をする。

純也は思いきって口を開いた。

「ごめんっ……声が聞こえて。そうしたら、ママが……」

そこまで言うと、義母は恥ずかしそうに目をそらした。

「諦めようとしたんだよ、ママのこと。でも全然だめで……もう、おかしくなりそうで……ママ、お願い聞いてくれるって言ったよね」

「言ったけど……えっ？　もしかして、純くん……」

「うん……だから、あの、一度でいいんだ。み、見せてくれたら、ママの裸を……それをプレゼントにして」

「ええっ……！」

真理子は顔を赤くして、少女のようにうろたえていた。

丸くて大きな瞳が潤んだように、こちらを見つめている。

「……ホントに見たいの？　ママの……こんなおばさんの裸なんて……誰でもいいんじゃないの？」

「ママは魅力的だよ。言ったでしょ。好きだって……僕は、その……ママのスカートの中とか、ママの下着を見たいと思ってる。気持ち悪いと思うだろうけど、でも、この気持ちはとめられなくて……」

義母の美貌が、息子からの恥ずかしい告白につらそうに歪む。

「私の下着なんて……普段もやっぱり私のこと、そんな目で？」

「だって……僕の前で無防備で屈んだりして、パンツが見えてたんだから……」

真理子が眉をひそめた。

「私も可愛いスカートを穿きたいし……ねえ、純くん、私のパンティなんか見て楽しかったの？　おばさんのパンツよ。もっと可愛い下着ならまだ……」

「えっ？　可愛い下着なら見せてもいいの……？」

純也が言うと、真理子はハッとしたような顔をして首を横に振った。

「ああ……ごめんなさい、違うのよ……」

真理子はうつむき逡巡していた。

「あのとき……ママの裸を見たんじゃないの？」

真理子が言うのは、泥酔時のイタズラのことだろう。

「み、見たけど……ホンのちょっとだけだよ。罪の意識があって、あんまり覚えていないんだ」

真理子は深々と嘆息して、口を開いた。

「わかったわ、一度だけよ」

まさか、という気持ちだった。

それならば、気が変わらないうちに見たかった。

「い、今でいい？」

「今？」

「だって……今夜と明日はふたりきりだし……」

「……いいわ」

真理子はベッドの上で体育座りすると、後ろに両手をついて顔を横にそむけた。

「ハアッ……」

首筋までもピンクに染めて、せつないため息を漏らす。

恥ずかしいのだろう、こちらをちらちらと見ながら、立てた両膝をゆっくりと左右に開いていく。

(おおお！)

母の下着越しのアソコが丸見えになる。

ムッチリした下半身を包むのは、大きめサイズのベージュのパンティだった。

「み、見えてるよ、ママの……ベージュのパンティが、ああ、レース模様が大きくてシルクみたいにすべすべで……」

「い、言わないでっ。恥ずかしいからっ……」

M字に開いた脚が震えている。

耳まで羞恥に赤らみ、つらそうに唇を噛みしめている。

(ママを無理矢理に裸にしていく感じで……こ、興奮するっ)

股間が痛いほど充実している。

息が荒くなり、純也はさらに身を乗り出して、真理子のパンティ付近に顔を近づけていく。

「じゅ、純くん……だめっ」

気配を感じたのだろう、真理子が目を開けて睨んできた。

「ああ、でも……お願い……何もしないから……」

夢中になって言い訳をして、寝そべるようにしてパンティのフロント部分に顔を近づけていく。

「ああん……」

真理子が羞恥の声を漏らした。

だけど、膝は閉じないでくれている。

(ハア……ハア……太もも、ムッチリしていやらしい……それにママのパンティ、おまんこを隠しているエッチな布地がこんなに近くに)

ベージュのパンティと鼻先が数センチのところにある。

甘くて、それでいて生臭い匂いが鼻腔をくすぐってくる。眠っている母をイタズラしたときに、発情した粘性の蜜がこぼれてきた。そのときと匂いは同じだ。

「ママ……ママのここ、すごく温かくて、いい匂いがする」

「いやっ、純くん……お願いだから黙っていて……イケナイのよ、義理でも息子に母親がパンティを見せるなんて異常だわ」

だがそんな言葉とは裏腹に、パンティの熱気や匂いがムンと強くなった気がした。

「ママ、もっと……」

「あん、もう……」

仕方なしといった感じで、真理子は自分の指でクロッチを横にズラした。

「ああっ……すごいっ……」

純也は思わず右手でギュッ、と自分の股間を押さえた。

明るいところで見た真理子の性器は、想像以上にいやらしかった。

ぷっくりとした恥丘の中心部に、薄い茶色の肉ビラがある。

形はにわとりのとさかみたいだが、少しくすみがあって、それがやけに生々しい感じだ。

「はあ……はあ……ママの恥ずかしい部分……あっ……」

スリットの内側はピンク色の媚肉が息づいていて、潤んでいる。

「いやっ！　純くん……ハアハアしないで……すごく熱い息が、ママの敏感な部分にかかってきて……ンンッ」

真理子の腰がせりあがり、新鮮な蜜が奥からじわりとあふれてくる。

（恥ずかしいことされてるのに、ママ、感じてるんだ……）

大きくて丸いクリッとした目が、潤んでいて今にも泣き出しそうだ。

たまらなくなり、指先をしっとりしたワレ目にもっていき、軽く指腹で撫でさすると、

「あんっ……！」

真理子の上気した美貌が、大きく跳ねあがった。

（う、感じた顔が素敵だ……）

もっと触ろうとしたときだ。

真理子が手をつかんできて、ふるふると顔を横に振った。

「だめっ……そんなところを触るなんて……」

めっ、と悪い子をしかる顔をされて、指をそっと元に戻す。

やりすぎたと反省したときだ。

「……泣きそうな顔しないで。他のことだったら……ママをどうしてみたいの？」

そう訊かれて、ちょっと考えてしまった

やりたいことは山ほどあった。

全裸にして爪先から頭の先までをじっくりと観察して、全身を舐め尽くしたい。父親よりも、たくさん自分の精液を浴びせて、飲ませてみたい。自分の生殖器を挿入し、ひとつになって注ぎ込みたい。ママを自分のものにしたい。

そんなヘンタイじみた願望が、次々と湧いて出るのだが、もちろん口にはできなかった。言えるのは、現実的なおねだりだろう。

「じゃあ、お、おっぱい……」

「え？」

「ママのおっぱい……まだ見たことなくて……」

言うと、真理子は笑みをこぼす。

「まだ見たことないって、普通は見ないわよ……わかったわ……」

真理子は大きく息を吐き、背中に手をまわして、ブラのホックを外す。

カップがあっけなく緩んで、白いおっぱいが露出した。

「ああっ、す、すごいっ」

思わずふくらみを見入って、声をあげてしまった。

それほどまでに母のバストは巨大だった。

下着でおさえつけていても迫力だったのに、解き放たれてずっしりとした存在感をみせつけてくる。

わずかに垂れてはいるが、それでも下乳がしっかりと丸みを帯びていて、若々しい張りがあった。

乳首は小豆《あずき》色で乳輪がかなり大きい円を描いている。

（い、いやらしいおっぱいっ……）

想像以上の迫力に、息がとまりそうだ。

真理子は目の下をカアッと赤らめる。

「こんなおばさんのおっぱいなんて。若い子はもっとキレイなおっぱいよ」

「そんなことないよ。ママのおっぱい、キレイだよ」

本心だった。

狂おしいぐらいに目を血走らせて、ハアハアと息を乱していると、

「そんなに夢中になって……ママのおっぱい、触ってみたいの？」

可哀想に思ってくれたのか、義母が禁断の言葉を口にする。

「えっ！　いいの？　ママに触れても……」

アソコはだめだけど、乳房はいいのだろうか？

そのへんの加減がわからずにいると、真理子が続けた。

「だめだけど、でも……つらそうだし……それに、純くんは亡くなったお母さんのおっぱいを知らないんでしょう？」

そんなことまで知っているとは意外だった。

「お父さんから訊いたわ。だから、いいの……もう十二時過ぎたわよね。誕生日の今日だけ特別よ……でも、優しくね」

「う、うん」

真理子は緊張した面持ちで、ベッドに仰向けになる。

寝乳の迫力もすさまじかった。

ちょっと身体をよじるだけで、おっぱいがぷるんと波のように揺れるのだ。

（ああ、すごい。里緒ねえより大きい）

おずおずと手を伸ばして乳房をつかむと、ぐにゅうと指が沈み込んでいく。

「ああ……柔らかくて、モチモチして、つかみきれないよ」

今度はじっくりと指を開いて、乳肉を揉みしだいた。

少し力を入れただけで、巨大な肉房はひしゃげて面白いように形を変える。指が乳肉に食い込んでいくのに、すぐに押し返してくるような弾力もたまらない。

「あっ……んっ……」

揉みしだいていると、真理子がくぐもった声を漏らして、顔をせりあげている。恥ずかしいのか、目をつむって口元を手で隠している。

里緒と同じような仕草だ。

そんな慎ましい反応もうれしくて、さらに強く揉むと、

「あっ……あっ……」

と、声が甲高いものに変わっていく。

(感じてるっ……ママが……あっ、乳首が……)

いつの間にか小豆色の乳首が、ムクムクと尖りを増してせり出していた。

硬くなった乳首をキュッとつまんでみると、

「あんっ……ッ」

義母の身体がビクッと痙攣し、ぐぐっと背中が持ちあがったので純也は慌てた。

「い、痛かった？」

慌てて手を離すも、真理子は目の下を赤らめた顔で、首を横に振る。

「ち、違うのよ……あのね、乳首って、すごく感じるの……だ、だから、その気にしないでいいの。そんなこと考えないで。初めてなんだから、純くんの好きなようにしていいのよ」

「えっ……あ、う、うんっ」

言われて興奮しながら頷いた。

（初めてじゃないけど。でも、好きなようにしていいんだ……ママのおっぱいを……）

欲望のまま、勢いよく真理子の乳房に顔を埋めながら、乳首を口に含んでチュウウゥと吸い立てる。

「はぁっ……ああっ……」

真理子の顔が上気している。

口内では乳首がこりこりと硬くなり、ジクジクと熱く脈動している。

（うわああ、ママの乳首、すごく熱くなってきた）

さらにねろねろと舌で舐めつけながら、義母の様子を目で追った。

「ああん、あ、あっ……」

まぶたを閉じ、わずかに眉をハの字にして震えている。

純也の口の中で乳首はもうカチカチだ。

(すごい感じてる……! 僕におっぱいを吸われて……里緒ねえも、おっぱい吸われて感じてた。親子だと感じるところも似るのかな?)

うれしくなって、舌でちゅるちゅると先端を舐め、さらに音を立てるようにチュウと吸いあげると、

「ふぅっ……!」

義母は手で口を隠してギュッと目をつむり、恥ずかしそうに顔を打ち振っている。

肩までのふわりとしたボブヘアがさらさらと乱れて、甘いシャンプーと女の体臭が鼻奥に匂う。

アラフォーのキュートな人妻の色香は、くらくらするほど濃厚だった。

(くうう、ママって、なんでこんなにいい匂いがするんだろ。汗の匂いも甘酸っぱくて、ああ、もっと……好きなように味わいたいっ)

とまらなかった。

パンティ一枚だけの半裸の義母に覆い被さり、夢中で柔乳を揉みしだきつつ、乳首

を舐めしゃぶって唾液まみれにしていく。

「ンンッ……あーッ……あっ……いやんっ……やあああァ……」

真理子は上体をのけぞらせ、泣き顔を見せてきた。

（ママ、いやらしい表情……）

ギュッと抱くと、細い腰つきとともに、なんとも丸みを帯びてムチムチしたいやらしい身体つきなのがわかる。

里緒よりも柔らかくて、しっとりしているのだ。

「あんっ……だめっ……もうこれ以上は……純くんっ……」

そう言いつつも、真理子の腰が揺れていた。

ようしと思い、もっと強烈に舐めると、

「あんっ！　そんなのダメッ……っ、おっぱいが……ダメッ……ああんっ、私、こんな声を……ダメッ……だめっ……」

だめと言いつつも表情を見れば、眉を折り曲げ、とにかくつらそうだ。

目尻に涙まで浮かべているではないか。

「ああ、ママ……可愛いよ。もう無理……ガマンできない……」

「ガマンできないって、だって……これ以上は……」

「お、押しつけたいんだ。いい？　その……セックスしないから、ママの身体にこすりつけたくて」

「え……わ、私の……身体にこすりつけたいって……ええっ……！」

真理子は困ったような目をして、うろたえた。

4

「そ、そんなこと……」

真理子は汗のにじむ赤く染まった顔で、困り果てていた。

（ああ、ヘンなこと言っちゃった……ヘンタイだよ……でもなあ……）

母は里緒より貞操観念が強い。無理矢理でもない限りセックスは無理だとわかっている。だったらせめて疑似《ぎじ》セックスをしてみたかった。

真理子は、

《どうしよう……》

と、戸惑った顔をしていた。

おそらく純也の気持ちを、ないがしろにしてもいけないと、おもんぱかってのことだろう。

だめか……。

と、思っていたときだ。

「……いいわ、はい……純くん、これでいい？」

真理子はうつ伏せになってお尻を向けてくる。

ベージュのパンティから尻肉がハミ出るほど、大きくて丸々としたヒップだ。

「前からはダメだから……後ろから……ね」

枕に顔を乗せつつ、真理子が言う。

(前からだと、挿入になっちゃうからかな)

でもお尻でももちろんよかった。純也はTシャツを脱ぎ、ズボンとパンツも下ろして、うつ伏せている義母をギラギラした目で見つめる。

美しい背中だった。

そこから腰に向かって急激にくびれており、だがヒップは尋常でない大きさで純也を誘ってくる。

「じゃ、じゃあ……いくよ……」

背後から真理子を抱きつつ、肉棒をパンティ越しに尻の狭間に押しつける。

（ああ、柔らかいっ……気持ちいい……ッ）

すべすべのパンティの素材や尻の割れ目で、敏感な亀頭がこすれる快感。信じられないほど気持ちいい。

（ああっ、ママの股間……濡れてるしっ、熱いっ……）

太ももまでぐっしょりと愛液で濡れた股の付け根に、硬く強張った先をこすって、じっくりと這いずらせていく。

ハア、ハアッと荒い呼吸に合わせて、豊かな乳房を背後から鷲づかみにし、美しい背中を抱きながら、必死に腰を動かしていく。

「あっ……はあんっ……」

背後から乳首を指でつまむと、真理子は無意識なのか、いやらしくヒップを勃起に押しつけてくる。

（いやらしい……ママっ）

全身が汗に濡れ光ってぬめっている。

ムッチリした脂肪が柔らかくて、抱き心地がたまらない。

しばらくこすっていると、鈴口から漏れるガマン汁が、パンティを汚していくのに気がついた。

「ママ、パンティ汚れちゃうっ……ぬ、脱がすねっ」

パンティに手をかけて下ろしていくと、

「あっ……だめっ……純くん」

肩越しに振り向く、真理子の顔が強張っていた。

だがいけるならいけるところまでと、パンティをするりと脱がし、爪先から抜き取ってベッドの上に置き、生尻の狭間に先端を押しつけた。

「やんっ、パンティまで脱がすなんてっ……あんっ……はああんっ」

尻の狭間の奥に、熱いざくろのような果肉があった。熱くて、ぬかるんだ場所だ。

(こ、これ……ママのおまんこだ……ぐっしょりだから、滑りがすごい)

切っ先がワレ目を広げていくようだった。

(ああ、ホントにセックスしてるみたい……すごいよ、これ……なんだっけ、ああこれ……素股とか言うんじゃなかったっけ)

さらにぬかるみに突き立て、ピッチを速めたときだ。

真理子の身体が硬くなり、ハッとなって再び肩越しに振り向いてきた。

「だ、だめっ！　純くんっ……それはだめっ……お願いっ、ママのアソコに入っちゃうからっ。ねえ、だめよ、絶対にだめっ」

そのときだった。

ちょうど滑りがうまく嵌《は》まり、亀頭部が小さな穴をとらえた感触があった。

軽く力を入れると、狭い入り口を押し広げ、にゅるんと奥まで、チンポが嵌まり込んでいく。

「ああん！　純くん、ぬ、抜いてっ……ああんっ、だ、だめぇっ……自分が何をしているのか……」

「こ、これ入ってるの？」

不可抗力だった。

訊くと、真理子は泣きそうな顔を肩越しに向けてくる。

「ああんっ……は、入ってるわよ……ああ、だ、だめっ……純くんのオチンチンが私の中になんて……ああんっ、ウソでしょ、息子の初めてが私になるなんて」

と、言いつつも貞淑《ていしゅく》な人妻の身体は、受け入れ態勢を取ってしまっているのか、柔らかい媚肉がチンポを押し包んできた。

「ああ、でもママ……ママの中、すごく熱くてジクジクして、チンポに襞がからみついてくるよ」

「そんなことしてないわ、だめっ……お願いっ……」

真理子はうつ伏せでもがくものの、上から押さえつけられていては、どうにもならないらしい。

（な、なんだこれ……里緒ねえのときと感触が全然違う……そうか、ゴムをしてないから……）

ペニスの馴染み方がすごすぎた。

感覚的には里緒よりも窮屈さはなく、真理子の膣内は優しく包み込んでくる感じだ。

（ママ、それに父さんっ。ごめんっ……僕、ママを無理矢理に犯してるなんて、こんな犯罪じみた行為……でも……ああ……でも……）

罪悪感はかなりあった。

ゴムもつけていない、ナマでの挿入だ。

だが……。

気持ちよすぎて、理性はもう吹き飛んでいる。

義母を背後から抱きしめ、おっぱいを揉みしだきつつ、必死に腰を振った。

「んくぅっ！　ああっ、だめっ……純くん、そんな……抜いて、お願いっ……奥まで入れないでっ……」

言われてもだめだった。

純也は先をグイグイと真理子の中にねじ込んで、腰を振ってしまう。

「だめだって言っても……ママ、ママのおまんこ、こんなに濡れて、ぐっしょりなのに……」

「違うわ、これは違うのよ……ああ、ああん……あああん！」

背後から雄々しい肉棒を激しく出入りさせると、ぬちゃ、ぬちゃ、といやらしい音が響いて、義母の肢体がビクッ、ビクッと震えはじめる。

「ママ、感じてくれてるんだねっ」

耳元で言うと、振り向きざま泣き顔を見せてきた。

まるで少女が不安にかられているようだ。眉が折れ曲がっていて、その泣き顔に女の情感をムンムンに湛えている。

もうだめだ。完全にセックスモードだった。

純也は義母のおっぱいを揉み揉みしつつ、美しい背中に舌を這わせ、まるで自分のものだと言わんばかりに舐め尽くしていく。

「あんっ、だめっ……純くんっ、ああん、いやあ……私の中で、純くんのオチンチンがビクビクしてるの感じちゃう」

真理子はいやいやしながら、強張った顔を見せてくる。

「くうう……だめなんて言って、ママのおまんこが締めつけてくる……あうう、き、気持ちよすぎるっ」

「あんっ、だから……そんなことしてない……イケナイのよ、こんなこと……だめなのにっ……母親なのにっ……あんっ、おかしくなるっ」

真理子の様子が変わってきて、ついに感じたと認めはじめた。

(ママもだめになってる……いけるっ)

純也は寝バックのまま、ストロークを強めていく。

パンパンと肉の打擲《ちょうちゃく》音が響き、むっちりした太ももからお尻にかけての肉が、腰をぶつけるたびに、ぶわわん、ぶわん、と弾き返してくる。

汗が飛び散り、生々しい獣じみた匂いが立ちのぼる。

ぐちょぐちょの女の壺《つぼ》がうごめきながら、抽送する肉竿を甘く食いしめる。

「ああ、ママの中……あったかい……」

もう何も考えられない。ただ快楽を得たいと本能的に腰を動かしていた。

「あんっ、はげし、……あんっ、あんっ、だめっ、あああん」

「ああ、ママ……ママ……」

さらに奥を探そうと、一気に当たるところまで貫いた。

「はぅぅぅ……！」

奥が気持ちよかったのだろう。真理子の顔がうつぶせたまま大きくのけぞった。

途端に膣がキュッと締められて、純也は、

「くううっ」

と、うめいて唇を噛みしめた。

生のチンポが、直に女の濡れた襞にこすれる愉悦に溺れつつ、だけど、もっと味わいたいと怒濤《どとう》のストロークを打ち続ける。

「ああっ！　いやっ……そんなに激しくっ……ああん、そんなのダメッ……」

「くうう、ママ、気持ちいいよね、感じてるよね」

「か、感じてなんかっ……あっ……あっ……」

口では否定するものの、真理子の腰も動いてきていた。

母の感じてる声や仕草は、以前のイタズラのときに十分にわかっている。

つやつやしたボブヘアの前髪は汗で濡れて乱れまくっていて、その様子がゾッとするほどに艶めかしい。肉茎が膣道の中でググッと反る。

「あああんっ……ああ……はあああッ」

「ママ、可愛い声っ」

「いやぁ……んはぁっ……あ、ああっ……私、こんな……こんなことされてっ……純くんに感じさせられてっ……んっ、くうっ……」

そんな甘い声を聞かされては、もうだめだった。

尿道が熱くなる。一刻も待てない。

「くうう……ああっ、出る。出ちゃうよッ、ママ」

射精間近を告げると、少しずつ快楽に負けて、堕《お》ちかけている様子だった真理子の身体が強張り、肩越しに泣き顔を見せてくる。

「お願い、純くんっ……それだけはだめっ……あんっ、あっ……、だめっ……だめぇっ……抜いてっ」

言いながらも、しかし義母の腰は搾《しぼ》り取ろうとするがごとくうねっている。

中に注ぎたかった。

だけど、さすがにそれはできない。非道すぎる。

残った理性で快楽に抗《あらが》い、ぎりぎりでペニスを抜いた……そのとき、

「くうううっ」

びゅるっ、びゅっ、と音を立てるように、熱くて大量の白濁液が、勢いよく発射されて、母の白いヒップを汚した。

「あんっ……熱いッ……純くんの精液っ……はああんっ……ンンッ」

義母はそう叫んだのち、腰をガクガクさせた。

（イッた？　ママ……）

真理子の身体がブルブルと震えた後、やがてがっくりと弛緩《しかん》した。

腰のあたりから太ももまでが、純也の白いザーメンで汚されていて、なんとも扇情的だった。

（うわっ……ママの身体、僕の精液まみれだ……）

その光景に欲情するも、すぐにハッとなって、

「ご、ごめんなさいっ」

今さらながら……と思った。

ついにセックスしてしまった衝撃は大きかった。

だが、真理子はこちらに向き直ると、

「大丈夫よ」

目の下をねっとりと染めた顔で、優しく微笑んでくれた。

驚いた。

てっきり頬を張られるくらい怒られると思ったからだ。

「……気持ちよかったんでしょ？」

「え……う、うん」

「いいのよ……そんな泣きそうにならないで。私も……気持ちよかったから……」

「え？」

何も言えなかった。

だけど……許されざることを、義母と共有できたことを感じた。

「いけないのはわかってるの……でも、もういいのよ……あなたの初めてになれたなら……私もあなたのこと、好きだから」

本当は、すでに里緒で童貞を喪失している。

だが、もちろんそんなことは言えない。

言えるわけがない。

「僕、お母さん……ママとできただけでうれしかったよ。最高だった」

「ありがとう……あなたが愛おしかったから……よかった……あの……ママね、いつもあなたのものを、お洗濯してるでしょう。下着とかも洗ってるから、わかってたのよ。その……つらそうにしてるって……」

カアッと頭が灼けた。

オナニーは一日何度もしているから、拭いきれなかった精液やらガマン汁が、下着にこびりついているはずだった。

そんなものを見ているのに、愛しいと言ってもらえて、恥ずかしいけどうれしいという気持ちがこみあがる。

「このことは……誰にも話しちゃだめよ、絶対に……ふたりだけの秘密」

言われて再び頷くと、真理子は何も言わずに頭を撫でてくれたのだった。

5

次の日、誕生日の朝はいつもと違う気持ちだった。

「あっ、純くん……おはよ」

食卓に行けば、すでに真理子は起きていて、朝食を用意してくれていた。

髪をアップにして、エプロンを身につけたいつもの格好で、普段と変わらない笑顔である。

だけど、それが妙に新鮮な感じがした。

(昨日、ついにエッチしちゃったし、ママも僕のことを思っていてくれたのがわかっ

たし……意識が変わると景色ってこんなに変わるんだな）

たとえるなら新しい家族との生活は、あったかい暖色のオレンジだったけど、今朝の真理子との朝は、ピンク色って感じだ。

（里緒ねえもこうなってくれたらいいのに……まあそれは欲張りすぎだな）

席に座ると、真理子がいつもの朝食プレートを出してくれた。

「よく眠れた？」

真理子がよそよそしい雰囲気で訊いてきた。

（ママも意識してる……当たり前だよな……僕と……義理でも息子とつながったんだもんな）

純也は照れながら、うんと頷くと、

「フフ。よかったわ……お誕生日おめでとう。十九歳ね」

真理子が向かいに座ってニッコリ微笑んでくれる。

「ありがとう、ママ。それと昨日は……すごく、うれしかった」

素直に言うと、真理子は頬を赤らめて目をそらす。

「あ、朝から、だめよ……そんなお話」

しかし義母は怒ったりしなくて、照れて笑ったりしている。それが今までとはまったく違ってドギマギする。

朝食は味すらよくわからなかった。

ママと目を合わせては、ウフフとふたりで笑ってしまう。

こんな新婚生活みたいな幸せを感じては、朝ご飯を味わうなんて無理だった。


食べ終わって、歯を磨こうと洗面所のドアを開けたときだ。

脱衣場も兼ねているのだが、そこに濃紺のジャケットとタイトスカートが吊されているのが目に入った。

ジャケットの袖口や襟《えり》元には赤いステッチが入っていて、普通のスーツより派手な感じがする。

(どこかで見たことある……あっ、キャビンアテンダントの制服だ)

真理子は昔、ＣＡをやっていたのだから十中八九、これは母の昔着ていた制服に違いない。

(ママ、この制服……きっと似合うだろうな)

可愛らしい雰囲気なのに、どこか凛《りん》として清楚な雰囲気を醸し出している真理子なら、このカチッとしたＣＡの制服を着たら、近寄りがたいくらいの女優みたいなオーラを出すに決まっている。

「あっ、それね。まだとっておいたから、久しぶりに洗ったのよ」

真理子が通路を通りかかって、声をかけてきた。

「そうなんだ。見たいな、ママの制服姿」

ポツリ言うと、真理子は頬を赤く染めた。

「若い頃のものだから、スカートの丈とか短いのよ。それに、今は体型も崩れちゃってるし、こんなのおばさんの私には……」

否定されると、余計に見たくなってきた。

「そんなことないよ、きっと似合うよ、ママなら。ねえ、これも誕生日のお願い」

必死に言うと、真理子はため息をついて困り顔をする。

「……これもお願いなの？　私が昔の制服を着ることが？　うれしいのかしら」

「うれしいよ、僕はただ、キレイなママが見たいだけだから」

臆面《おくめん》もなく言うと、真理子が耳まで赤くする。

今までだったら、こんな大胆なことは言えなかっただろうけど、真理子の気持ちを訊いたことでイケイケの気持ちになった。

「誕生日だから、ね」

強気に繰り返しお願いすると、真理子も根負けしたらしく、

「わ、わかったわよっ、もう……」

と困り顔を見せつつも、ＣＡの制服を手に取って、

「着替えてリビングに行くから。下で少し待ってて」

と言ってくれた。

（やった。き、着てくれるんだ）

純也はリビングで待っている間、そわそわして落ち着かなかった。

大きくクリッとした黒目がちの瞳、愛らしい顔立ち、口元のほくろの色っぽさ。

可愛い熟女が、あの魅惑のＣＡの制服を着てくれるのだ。

これはもう期待するしかない。

しばらくすると、義母が入ってきた。

「……これでいい？」

恥ずかしそうにうつむきながらやってきたものの、そのＣＡの制服姿の破壊力は抜群だった。

（おお……！）

シックな濃紺のジャケットの下は、真っ白いブラウス。

首元にはトレードマークの赤いスカーフを巻き、タイトなスカート、黒いストッキング姿の義母の姿は、間違いなく清楚で上品なＣＡそのものだった。

(すごい、知的でエレガントで……声もかけられないような高めの女性だ)

しかも、だ。

真理子が言った通り体型が変わっているから、いやらしさもにじみ出ていた。

乳房が若い頃より大きくなったのか、胸元はパツパツで、ジャケットのボタンが弾けそうだった。

「う、後ろも見せて」

リクエストに応えて、くるりと後ろを向いた姿もまた扇情的だった。

タイトスカートの丈がかなり短くなっており、ムチムチの太ももが際どいところまで見えている。

ヒップはスカートの生地が破れてしまいそうなほど大きくパーンと張っていて、下着のラインどころか、クロッチラインまでも浮いて見えているのだ。

想像以上のエロさに口をあんぐりさせ、舐めるように見つめてしまう。

「めっちゃキレイ……ママ、すごく似合う」

「……やだもう、恥ずかしいわ。スカート短いから、ちょっと屈んだら下着が見えちゃいそうだし。胸のところも苦しいし……」

手で裾を引っ張って、太ももを隠そうとする仕草もエロかった。

「エッチだからいいんだよ。清楚で上品で隙のないCAさんが、エロいところ見せてくれたら、普通より何倍も興奮する」

昂《たか》ぶりすぎて饒舌《じょうぜつ》になっていた。

「いやだわ、純くん。ママをそんなエッチな目で……ねえ、もういいでしょ。これで願い事は叶《かな》えたわよね」

「ううん、今日は一日、この格好でいて欲しいなって」

続けて願いを伝えると、CAの母は露骨に眉をひそめた。

「は？　ええ？　だ、だめよ、こんな格好で……お洗濯とかしなきゃいけないし。ベランダに出られないわ」

「短い時間なら大丈夫だよ」

押し問答の末、なんとか意見を押し通すと、真理子は仕方なくといった感じで、洗濯物を持ってベランダに行く。

「手伝うよ、ママ」

洗濯かごを持つと、赤ら顔の真理子はジロッと睨んだ。

「こんなときばっかり手伝うだなんて」

二階のベランダは柵になっていて、身体を隠しようがない。ましてや道路を挟んだ向かいの家との距離は近く、向こうに誰かいれば真理子のＣＡの制服姿はすぐに見えてしまうだろう。

（くうう、家のベランダでＣＡの制服を着て洗濯物を干しているなんて。ママ、恥ずかしいだろうな）

真理子はちらちらとこちらを見ながらも、すばやく洗濯物をハンガーにかけていく。カゴから洗濯物を取り出すとき屈むから、タイトスカートに包まれた肉づきのいいヒップが突き出されてドキッとする。

パンティのラインがはっきり見えるほど張りつめた尻肉が、視界からハミ出さんばかりに大きくて、見ているだけで勃起してしまう。

（ああ、昨日このお尻を犯したんだよな……またヤリたくなってきちゃった）

洗濯物を干して、ベランダから室内に入ったときだ。

歩くたび、タイトスカート越しに、むにゅ、むにゅと揺れる真理子の尻肉や、髪をアップにした白いうなじの後《おく》れ毛、それに香水のような匂いや、花のように安らぎの香りに欲情がとまらなくなってきた。

気がつくと、背後から真理子を抱きしめていた。

「あんっ、そんなつもりで着たんじゃないのに……見るだけって言わなかった？」

「このＣＡの制服のお尻がたまらなくて、つい」

背後からいやらしく、ふくよかな乳房を揉みながら、噎《む》せるような色香漂ううなじに唇を這わしていく。

「あ……ぁ……」

真理子が洗濯かごを落とし、身をよじらせる。

いやがらずに感じた声をあげたことで、下腹部が一気に硬くなり、欲望のままにタイトスカートの臀部の尻割れにこすりつけてしまう。

「ああんっ……待って……朝からなんて……」

つらそうに眉をひそめた美貌が、肩越しにこちらに向けられる。

おっぱいを揉んだり勃起を押しつけても怒ったりせず、大きな目の可愛らしい顔を歪めて、ハアハアと息を荒げている。

「ママ、そんなこと言って……腰が動いてる」

「ああん、いやらしいのね、純くんっ……ママのこと、ずっとそんな風に狙ってたんでしょう？」

「うん、言ったでしょ。好きだったって。ママのこと好きなようにしたいって……」

「好きなようにって、ママを休ませないつもりかしら、今日一日」

「それは、まあ……だって、ママのこのいやらしい身体だったら、何度でもできそうだし……」

「ママの気持ちを聞いたら、とまらなくなったんだよ……それに誕生日だからね」

「純くんたら、ホントにエッチなんだから……女の人が苦手だったはずでしょ」

自分でも、大胆だなと思っている。

だけど、半年以上ずっと恋い焦がれた欲望が爆発しているのだ。

「誕生日だからって、何してもいいわけじゃ……あんっ」

背後から耳の後ろを舐めると、

「はあん……」

と、熟女らしい湿った息を漏らして、義母が震えた。

「いやらしいCAじゃないか、ママって」

もうガマンできないとばかりに、そのまま床に押し倒して、ジャケットのボタンを外していく。

（なるべく制服を脱がさず、エッチしたい）

濃紺のジャケットも、首元の赤いスカーフもそのままに、ＣＡの制服を着せたままの真理子の白いブラウスのボタンも外して胸元を開く。

（おおっ、やっぱり大きい）

ぶるんっと揺れた巨大なふくらみが目の前に現れると、すでに昨晩たっぷりと弄《もてあそ》んだはずなのに、その大きさに圧倒されてしまう。

しかも今日のブラは黒だ。かなり刺激的である。

黒のブラジャーのカップをズリあげると、わずかに左右に垂れ広がる巨乳があらわになる。

揉みしだきつつ、小豆色の乳首に吸いついた。

ちゅぱちゅぱ吸っていると、

「はあんっ、ホントに純くんって、おっぱい吸うとき赤ちゃんみたいになるのね。ウフフ……もっと甘えていいのよ」

どうやら純也がおっぱいを吸うと、母性があふれるらしい。

優しい言葉をかけられて、うっとりしながらさらにトップを強く吸引する。

知的でエレガントなＣＡのおっぱいはしっとりと汗ばんで、手のひらに馴染むように歪んでいく。

「ああ、ママ……デキる女の人って感じで、すごく興奮する」

「ウフフ。男の子って制服好きよね。それにキャビンアテンダントって何か興奮するのかしら、ママも昔はよくナンパされたわ」

「そりゃ……才色兼備って感じで……かっちりして、高嶺《たかね》の花って感じだから……それがこんなにセクシーなんだから、たまらないよ」

「ウフフ、そんなにママのこと褒めて……こんなおばさんがＣＡの制服なんて……でも、うれしいわ」

義母はすっと目を閉じて、唇を寄せてきた。

（い、いいんだ……キスしても……ママとキス……）

どうやら真理子も一度身体を許したためか、いろいろふっきれたらしい。

（確か、里緒ねえとの会話でずっとセックスしてないって言ってたよな。きっと寂しかったんだな）

真理子の心変わりの理由を妄想しつつ、薄いピンクの唇を、純也はためらわずに奪っていく。

「ンンッ……ちゅっ……」

真理子もすぐに応えてくれて、舌を入れてきた。

（ああ、ウソ……ママからベロチューしてくるなんて……）

戸惑いつつも、ＣＡの義母を抱きしめ、純平も舌をからめていく。

おっぱいが押しつけられ、唾液にまみれた乳首がすでにこりこりして、純平の胸板を刺激する。

その乳房の柔らかさや乳首のシコリに昂ぶり、夢中になって真理子の口内を舐めまわしていく。

「んふっ、んううっ……」

その勢いに押されたのか、真理子がギュッと抱きしめてきた。

いよいよ情熱的に唾液をねちゃねちゃとからませる激しいキスに変わっていく。

（ああ、ママの唾、甘いよ……）

お互いの口元が唾液まみれになるほど口を吸い合って、ようやくふたりはキスをほどいた。

抱きしめつつ見つめると、真理子はちょっと哀しい顔をした。

「こんなことしいけないのに、だめなママね……」

自虐的に言うも、純也はすぐさま否定した。

「そんなことない。うれしいよ。やり方はいけないことかもしれないけど、でも、僕はもう寂しくなくなった」

「私にとって……あなたはホントの子どもよ。でも、ママは純くんが欲しい。こうして、CAの制服でも、すべてをさらけ出したヌードでも、純くんの望むようにされたいわ」

「……今日一日、ママのすべてを犯したい。それでもいい？　ずっと抱き合って何回もヤリまくって、精液が乾かないくらい……」

ずっと思っていた欲望を口にすると、真理子は顔を赤らめていやいやした。

「いやだわ……そんなに？　一体何回するつもりなの？　若い男の子って、どれだけ性欲が有り余っているのかしら」

「ママが可愛すぎるからだよ。特にこのCAの制服、見てるだけでもう、おかしくなりそうなんだもん」

宣言してから純也は身体をズリ下げていき、濃紺タイトミニをまくりあげて黒いストッキングを丸めながら脱がしていく。

「ウフフ、着たままがいいのね」

「うんっ……ああ……黒のパンティ、すごくシックでママに似合ってるね」

シルク素材でシンプルなデザインだった。

純也は大きく脚を開かせ、パンティのクロッチを横にズラす。

「んんっ……」

淫らな部分をさらけ出されたことで、真理子は恥ずかしそうに声を漏らして、顔を横にそむける。

「ああっ、もう……濡れてるんだ、朝から。ママだってエッチだよ」

「だって……ずっとこんな格好させるから……しかもベランダにまで出させて、恥ずかしいったら……それに……」

真理子はそこまで言ってから、恥ずかしそうに唇を噛んで続けた。

「男の人にはわからないと思うけど……口の中に、純くんのアレ……男の人のものを出されて味わっちゃうと、その人を意識するものなのよ」

清楚な真理子がそんなことを言うので、純也は面食らってしまった。

フェラチオしてもらったのは、少し前のことだ。

あのときから、あの味と匂いを思い出して発情していたなんて……。

「ママ……僕の味を覚えちゃったんだね。じゃあ、僕も。ママのおまんこの味を覚えたいよ」

欲望のまま、M字開脚させている義母の股間に再び顔を突っ込んだ。

「んんんっ！　はううんっ、いやっ……ママの味なんて覚えちゃだめっ……」

羞恥に身をよじる真理子の脚を肘で押さえつつ、さらに激しく舌を上下に動かしながら、濡れた亀裂に唇を押しつけて、じゅるるる、と吸い立てる。

「あううんっ……んんう……んふうんんっ……純くんっ、いやんっ、吸わないでっ」

非難しつつも、真理子の腰は揺れてせりあがってきていた。

感じているとわかれば、やめるわけにはいかない。夢中になって舌を使い、小さな穴にもねじ込んでいく。

「あんっ、やだあっ、純くんの舌が、ああん、そんな奥まで舐めちゃだめっ」

膣穴を舐められたのは、かなり効くらしい。

義母は白い喉をさらけ出すほど大きくのけぞり、腰を小さく痙攣させはじめる。

「ハアッ、ハアッ……美味しいよ、ママ。もっとしてもいい？」

うれしくなってきて訴えると、真理子は瞼を半分閉じたつらそうな顔で、こくこくと頷いた。もう真理子もその気になっているのがわかる。

よしっと気合いを入れて舌先を伸ばすと、上部の小さな尖りに触れた。

（あっ、これ……触ったことあるよな……ママのクリトリスだ……）

包皮を被ったクリトリスを舌先で捏《こ》ねつつ、さらには口に含んで優しくチューと吸いあげる。

「あ、あふぅ！ い、いやあんっ……ああんっ」

相当感じたようで、義母はあられもない声をあげ、床を指でかく。

顔を覗けば、もう表情はうつろで、ハアッ、ハアッとひっきなしに甘い吐息を漏らしている。

「じ、純くんっ……お願い……もう焦らさないで……オチンチン……入れて」

6

清楚さとエレガントさを兼ね備えたキャビンアテンダントの制服姿で、あられもなく両足を開ききった真理子は、汗にまみれて上気した顔でおねだりしていた。

こんな美人CAから「オチンチンを入れて」なんて言われたらもう、どんな男でもイチコロであろう。

もちろん純也もそうた。

「そんなこと言われたら、おかしくなるよ。ママを僕のものにしたいっ」

焦りながらシャツを脱ぎ、ズボンとパンツも下ろして全裸になり、床に横たわるC

A姿の義母を見た。

ハア、ハアッと荒い呼吸に合わせて、白いブラウスからはだけて見える豊かな乳房がゆっくり上下していた。

たまらなかった。

真理子の足元に膝を突き、広げた両脚の中心部にある濡れた姫口に、張りつめきった先を向けていく。

(ようやくママの顔を見ながらできる。昨日はバックからで、あんまり表情の変化がよくわからなかったし……)

ゴムのことも頭をよぎったが、昨日の生挿入を経験したら、ゴムハメなんかしたくなかった。

(ナマでするよ。絶対に抜くから……ごめんね、ママ)

ずぶっ……ずぶぶ……。

そり返った肉茎を、強引に下向きにして膣道に埋めていく。

「あんっ、昨日より大きいのが、入ってくるっ……ごりごりって、ああんっ、こ、こんなの……」

真理子が強張った顔を見せてくる。

奥まで挿入すると、腰を動かしていないのに真理子の中の媚肉がうねって、ペニスを奥へと引きずり込もうとしてくる。

「くうっ……ママだって……朝から、こんなにすごく濡れて、熱くてっ……チンポがとろけそうっ」

じっくり味わおうと思っていたのに、そんな余裕もなかった。

ぐいぐいと腰を叩きつけ、性器と性器を激しくこすりつけ合わせて、快楽をむさぼることに必死になる。

「んんっ……あっ、だめっ……いきなり、そんな激しく……ああんっ」

不意打ちの快楽だったのか、真理子は大きくのけぞり、恥ずかしい声が漏れないように口元を手の甲で隠す。

「はううっ、私の、おまんこっ……削られちゃうっ……だめっ、だめ……」

かなり昂ぶっているのか、声を隠すどころか気品あるＣＡの姿で淫語を口走ってしまっている。

しかもだ。

恥ずかしい言葉を口にすると、さらに快感が増すのか、締めつけがきつくなっていく。

「ぐうっ、ママの中だって、昨日よりすごいよ。チンポが食べられちゃいそう」

たまらなかった。

さらに激しく打ち込むと、豊かなバストが揺れ弾んで、いやらしい豊満な熟れた肉体が、ますます淫靡にエロティックにくねってくる。

「あ、待ってっ……あんっ……だめっ……んぁ……」

花弁から、しとどに愛液が漏れて、ぐちゅ、ぐちゅ、と音が鳴る。

垂れ落ちる愛液とガマン汁が混ざり、高まる体温と噎せるようなセックスの生臭さが部屋の中に充満する。

「ああん、激しいっ……あんっ……あんっ」

「ママの中、気持ちいいっ、奥までいっぱい楽しませてっ。全部僕のものに……ッ」

「そんなっ……純くんのものにされちゃうっ、ああっ……き、気持ちいいっ。イッちゃう！　ああん、イッちゃうからっ」

熟女ＣＡはもう乱れに乱れて、後ろでアップに結った髪もほどけるくらいだ。

（ママが、このまま……僕にヤラれて、イク……）

自分が気持ちよくさせている。

そうだ、里緒もイカせたんだった。

自信がみなぎっていた。

このまま何度でも義母をイカせれば、自分のものにできるのではないか。

そんな妄想が頭をよぎる。

自分のチンポの気持ちよさを脳裏に刻み込ませれば、父親では物足りなくなり、まさに「チンポ奴隷」状態ってやつにできるのでは……？

真理子は気持ちよさそうに顔を跳ねあげて、首に筋ができるほどのけぞり、おっぱいの先をビンビンにふくらませている。この感じ方は尋常ではない。

（いけるっ！　父さん、ごめんっ……僕のチンポでママを堕とすっ）

十代の青臭い妄想を抱きつつ、奥まで突いたときだ。

「ああん、だめぇ……もうだめぇぇぇ」

ざらつく膣肉が、キュッと肉棒にからみついてきた。

真理子の腰がガクガクと震えて、両脚の爪先が丸まっていた。

「あっ……ママ……そんなに締めてっ……くううっ……」

痛烈な快感が全身を貫いた。

瞬間、イチモツを義母の胎内から一気に引き抜いた。

どくっ……どくっ……。

背中が震え、尿道を痺れるほど熱い波が通り抜けていく。

勢いよく出た精液が、義母の濃紺ジャケットや、タイトスカートにぶっかけられた。

「あっ、ご、ごめんっ！」

せっかく洗った制服を汚してしまって、純也は慌てた。

「はぁ……はぁ……はぁ……い、いいのよっ」

真理子は額の汗を拭いながら、ニッコリと微笑んだ。

（でも……キャビンアテンダントを僕の精液まみれにしちゃうなんて）

エレガントな美人ＣＡを精液で汚した興奮が募る。

純也は再び、真理子の脚を広げさせて、愛液でどろどろのおまんこに向けて、出したばかりの切っ先を向けていく。

汗まみれの義母が「えっ」という顔でこっちを見た。

「えっ、ちょっと……ウソでしょ……連続で？」

「だって、ママのＣＡ姿がキレイすぎて……一回だけじゃ収まらないよ。もっとたっぷりママの身体を味わいたいんだもん。ママ、僕の、チンポ奴隷になっててっ」

妄想を口走ると、真理子はぽかんとした。

「な、なあにその、いやらしい言葉……ママをそんな風にしたいの？」

「したいよ、ママとずっとエッチしたい」

膣肉に切っ先を押し当てると、義母は意外にも両手で胸を押して離れようとした。

「だめっ……私、イッたばっかりで……お願いっ、少し休ませて。だめなのっ、ホントにだめになっちゃいそうなのっ」

恥ずかしそうに告白してくる義母が愛らしかった。

「そうなんだ。じゃあ、だめになって、ママ。チンポ奴隷」

「あんっ、その言葉はいやっ……ああん、太いのだめっ、お願いっ……あんっ」

ぬぷぷぷっ……。

抵抗なく剛直が嵌まり込み、一気に当たるところまで貫いた。

「はぅぅぅ……！」

奥までが気持ちよかったのだろう。真理子の背がアーチのように弓なりに反った。

たまらなくて、純也は柔らかな真理子の肉体を抱きしめる。

真理子も抱きしめてきて、ふたりでキスをして舌をからませていく。

幸せだった。

だが……。

後ろでガチャッとドアの音がして、どさりと何かが落ちた。

挿入したまま振り向けば、里緒がそこに立って唇を震わせていた。

「り、里緒ねえ！」

「里緒っ」

油断した。今日は夜までふたりきりだと、完全に思い込んでいた。当然、里緒は玄関の鍵を持っていたのだ。

「ママ……純也っ……」

里緒が落としたのは、リボンのつけられた箱だ。

プレゼントだ、とすぐにわかった。

「寂しいと思わせておいて、こっそりサプライズで帰ってきたのに……誕生日プレゼントも用意して……なのに、ふたりが……ウソでしょう？」

怒りに満ちた表情の里緒は、そのままドアを乱暴に閉めて、バタバタと階段を降りていくのだった。

「里緒っ、待って……これは……」

母が制服の前をかき合わせて慌てて後を追っていく。

天国から地獄へ堕ちた純也は、呆然とするしかなかった。

第六章　母娘と絶頂ハーレム

1

「次は、名古屋……次は……」
新幹線の車内のアナウンスが聞こえてきた。
（ふわわ……やっと名古屋か。京都まであと一時間くらいかな？）
純也は大きなあくびをした。
座席をボックス席にして前に座る真理子は、ぼうっと窓の外を眺めている。
隣に座る里緒は純也に寄りかかって、寝息を立てていた。
（まさか、ふたりと旅行に来られるなんてなあ……）
ここに至るまで紆余曲折《うよきょくせつ》だったと、純也は思い返していた。

まず、ふたりと身体を重ねていたことがバレて、三人の関係はぎくしゃくした。

当然ながら、それまでのセフレ的な関係はリセットされて、さらには母子、姉弟の関係までうまくいかなくなってしまったのだ。

それが変わっていったのは、純也が大学で彼女をつくってからである。

相手はひとつ上の先輩で、雰囲気が里緒に似ている子だった。

「よかったじゃないの、純也」

「がんばったのね、よかった。純くん」

ふたりともがホッとした表情を見せて、少しずつ家族の絆《きずな》が修復されていった。

ところがだ。

その先輩は四股をかけていて、純也のことは完全に遊びだったと発覚した。

初めてできた彼女が、ヤリまくりのビッチだったというのは、笑えないぐらいの喜劇である。しかもふたりで京都旅行を計画していた段階だったので、落ち込み方は相当なものだった。

そんなときだ。

あまりに落ち込んでいたのを見かねたからだろう。

真理子と里緒が「自分たちを恋人だと思って」と、代わりに一緒に一泊旅行に出かけようと提案してくれたのだった。

「ねえママ、最初はどこに行くんだっけ？」

いつの間にか里緒が起き出していて、真理子に訊いた。

「最初？　まずはチェックインしましょうよ。取りあえず久しぶりに清水寺は見たいんだけど。それより温泉に入りたいわ」

「ふーん。ねえ、純也」

隣に座る里緒が身体を寄せてきた。

里緒のピンクのサマーニットの胸は甘美なふくらみを見せ、ミニスカートだから、ムチムチの太ももが際どいところまで見えている。

しかも、キラキラとラメ入りの目元に、パールっぽい薄ピンクのグロスでぷっくり唇。おめかししているから、いつも以上に魅力的だ。

「ママが露天風呂つきの部屋にアップグレードしてくれてよかったねえ。おねーちゃんとママと三人で混浴できるよ」

ニヒヒと里緒が笑う。

「里緒っ、ちょっと……私、混浴なんて、そんなこと言ってないわよ」

向かいに座る真理子が焦った顔をする。

こちらはベージュのブラウスに、水色の膝丈のスカートという清楚な格好で、くりっとした大きな目が愛らしい、可愛い熟女によく似合っている。

真理子もいつもよりメイクが少し濃い。新鮮な感じでドキドキしていた。

「どうして？　ママ、約束でしょ。旅行の間だけは純也の恋人になるって。恋人だったら、一緒にお風呂に入るのは当然でしょう」

里緒に言われて、真理子はちらりとこちらを見た。

「そうね、まあ……純くんが元気になってくれるなら……」

真理子が混浴を許してくれた。

(や、やった！　ママと里緒ねえと混浴なんてッ)

と思っていると、里緒がギュッと左腕に抱きついてきた。

照れ隠しにペットボトルのお茶を口にする。

「そういえば初めてね、純也と旅行って。部屋にこもってゲームしながら裸でイチャイチャするより、すごく健康的じゃない？」

飲んでいたお茶を噴きそうになった。

「えっ、あ、はは……そうかも」

「ウフっ、おねーちゃんとヤリまくりたいって、顔に書いてあるわよ」

「里緒ったら。そんなあからさまに。純くんが困ってるでしょう？　純くん、私と観光地をまわりたいわよね」

すまし顔で真理子が言うものの、純也は「あれ？」と思った。

なんだかピリピリしているのだ。

そのニュアンスを里緒も感じ取ったらしく、

「なあに、ママ。あたしと張り合うつもり？　確かにママは私よりおっぱい大きくてGカップだけど、ウエストは私が細いし肌もピチピチよ。それに年齢が問題よね。純也と二十三歳も違うのよ」

（いっ！　ママって、Gカップなの？）

思わず向かいの義母の胸元を見てしまった。

真理子は年齢を言われたのがしゃくに障《さわ》ったのか、珍しく里緒を睨んでいた。

「年齢とか、スタイルのよさは確かにあなたに負けるけど、でも、私の方が安心するみたいよ、純くん。私にCAの格好をさせたり、朝から襲ってきたり、誕生日はすごくうれしそうだったもの」

清楚でひかえめな義母から、信じられない際どい言葉が出て、純也はまたお茶を噴きそうになった。

「でも純也にセックス教えたのは、あたしだもん。好きってマジ告白されたし。純也のオチンチンって、すごく奥にきて馴染むのよ、あたし何度もイカされて、こいつのチンポ、マジやばって思ったもん」

里緒が指をからめる恋人つなぎをしながら、純也に向かって、

「ね？」

と、目を細めてくる。

（ひえ……なんでそんなことで張り合うの？　テンション高すぎ……）

ああ、そうか……と思った。

ふたりは元気づけようとしてくれているんだと感じた。

「あ、あの……仲良く、仲良くいこうよ」

苦笑しながら言うと、ふたりはクスッと笑って、窓の外を見ながらあれこれ談笑をはじめるのだった。

（あれ？）

急に静かになったと思ったら、里緒がしなだれかかって目を閉じていた。

（また寝てる。なんだろ、寝不足だったのかな）

そんなことを思っていたら、向かいに座る真理子が苦笑していた。

「里緒、また寝ちゃったのね。昨日、楽しみにしてたから寝不足なのかもね」

「そうなんだ。里緒ねえが楽しみにねえ」

「ウフフ。ねえ……純くんに彼女ができたって、私と里緒、喜んでいたでしょう？」

「う、うん」

「あれね、ちょっと複雑な気持ちだったのよ。なんていうか嫉妬みたいな」

「え？」

驚いた。

まさかそんな言葉が義母から出てくるとは思わなかったのだ。

「心の中ではね、純くんを取られたって感じがして……里緒もそうよ。そんな風に思うのはいけないことだってわかってるのよ、だけど」

そこまで言って、真理子がニコッとした。

「それって、ふたりとも僕のことを……」

真理子は小さく頷いた。

「そうね。そういう気持ちはあるわ。でも、それはだめだとわかってるのよ。義理とはいえ母親と姉だし……私たちも純くんから卒業しないといけないの。だから今日はある意味、卒業旅行ね。ねえ、見て」

義母が両手で自分のスカートの裾をゆっくりとまくりはじめた。

(えっ、え?)

スカート丈は短めだから少し持ちあがるだけで、むっちりした熟女の白い太ももが際どいところまで見えた。

(お、おわ……っ!)

白いパンティが見えたのもドキッとしたが、目を惹いたのは、真理子がウエストガーターでストッキングを吊っていたことだった。

(ガ、ガーターベルト! 初めて見る。まさか、ママがこんないやらしいものを身につけてくるなんて……)

見れば、真理子は真っ赤になって震えていた。

自分からスカートをまくって下着を見せるなんて、そんな大胆なことをしたのは初めてなのだろう。

「ああ、ママ……そんなセクシーな下着で……」

「だって、これだったらストッキングを脱がずに、すぐ純くんとできるでしょう?

卒業旅行だから、あなたの願いを叶えてあげたいのよ。その……ずいぶん前に純くんが言ってた、おチンポ奴隷だったかしら？　ママ、あなたのそれになってあげるから」

そこまで言ってから、真理子は一連のことを恥じるように、慌ててスカートを元に戻した。

（可愛いママの口から、おチンポ奴隷なんて言葉……）

卒業旅行でもなんでも、ふたりとヤリまくれるならと、純也は期待に胸をふくらませながら窓の外を眺めるのだった。

2

予約した温泉旅館は、桂川にかかる渡月橋の近くにあった。

京都散策は明日にして、三人は夕飯の時間まで近くの嵐山公園を歩くことにした。

平日で旅行シーズンでもないのに、観光客はまあまあいる。

その中で、人目を惹く美人の里緒と腕を組み、反対側では大人の可愛いらしい真理子と並んで歩いている。

（くうう、まわりの目が痛い……）

　男の嫉妬というものは、これほど剝き出しなのかと怖いくらいである。モテるって大変なんだなあと、調子に乗って誇らしい気分になる。

「ねえ、ソフトクリーム買おうよ、ママ」

　土産物屋《みやげもの》で純也は抹茶ソフトを買い、里緒はラズベリーソフトにした。

　真理子は買わずに、

「ちょっとお茶の葉を見たいから」

　と、土産物屋で長居しそうなので、先に里緒とふたりで近くにある嵐山公園に向かって歩いていくことにした。

「ああいうところが、おばさんよね。ママって見た目は若くて、可愛いけど」

　里緒が歩きながら楽しそうに言うので、純也は苦笑した。

「そうかなあ、ママって性格的にもおばさんって感じは全然しないけど」

　普通に感じたことを言っただけなのに、里緒がむくれた。

「なんか、ママのこと全部わかったような口振りねえ。ふーん、ママとエッチしたのが、すごくよかったのかな。あんた、ママとナマでしたんでしょう？　人妻に中出しって、なかなか鬼畜なことするのねえ」

「ママに中出しなんてしてしてないよっ！　あっ」

横にいたカップルが怪訝な顔をしたので、純也はうつむいて早足になる。

「クスッ。じゃあ外に出したわけか。あんた、そんなことできたわけ？」

里緒がニット越しのおっぱいを肘に押しつけながら、イタズラっぽい笑みを見せてくる。

「い、いやその……必死だったっていうか……へ、ヘンなこと言わないでよ」

「いいじゃん。だって気になるんだもん。そうか、おねーちゃんとはゴムありで、ママとはゴムなしの関係ってわけね」

「た、たまたま、そうなっただけで……」

開放的な気分になったのか、里緒の話はいつもよりどぎつかった。

（恋人でも、こんな話しないよな）

とにかく関係が特殊すぎて、浮気なのか二股なのかわからなくなる。

（ふたりと付き合えればいいのに……）

不遜《ふそん》なことを考えていると、里緒がニンマリした。

「純也の抹茶も食べてみたいな、ちょーだい」

差し出すと、躊躇《ちゅうちょ》なく自分が囓《かじ》ったところを里緒が舐めた。

「あんまり甘くなくておいしーね。宇治抹茶ってヤツ？」

「そ、そうじゃない？」

と返事しつつも、ソフトクリームの間接キスに胸が高鳴った。

（いや、あほか、今さら……里緒ねえとはベロチューどころか、クンニとか、おっぱい舐めたりとか、ゴムありのエッチもしてるってのに）

だけどやはり未だに緊張するのは、相手が掛け値無しの美人だからだろう。

「私のも、食べてみる？」

「え？」

ラズベリーのソフトクリームが差し出された。

（あ、ソフトのことか、びっくりした。私を食べてみる？　って聞こえちゃった）

頭の中がピンク色だから、いやらしく聞こえたのだろう。

少し溶けかかった里緒のソフトクリームを、食べようとしたときだ。

里緒が先にラズベリーソフトの先端を、はむっ、と口に入れると、そのままキスしてクリームを口移しで流し込んできた。

「ん！　ンンッ……」

驚いて目が点になった。

(観光客が普通にいるのに、道端でベロチューなんて……)

里緒の口から流されてきたクリームは、甘くて冷たいって思ったけど、もうドキドキが強すぎて味なんかわからなかった。

里緒は唇をちゅぷっと音を立てて離すと、背伸びして口元に残ったクリームを指で拭ってくれた。

「どう？　ラズベリーも美味しいでしょ？」

「う、うん……」

顔を熱くしながら里緒を見ると、ちょっと恥ずかしそうに目の下を赤く染めているのがいじらしかった。

(こういうところが、里緒ねえって可愛いんだよな。大胆なことするくせに、そんなに慣れてないって感じで、ずるいよ)

少し風が吹いてきて、里緒がハッとスカートを押さえた。

短いチェック柄のスカートの裾がなびいて、ちらっと淡い色のパンティが見えた。

(こっちもラベンダーだ……)

鼻の下を伸ばすと、里緒が睨んできた。

「見えた？」

「えっ、いや……見えてないよ」

「ウソ。じゃあ、今日の私のパンツ何色？」

「えっ……何色って」

戸惑ったときに、里緒が足元を見た。

「ちょっと！　ソフトクリーム落としてる」

「え？」

見れば、ズボンの股間部分に、抹茶クリームがついてしまっていた。あとの大部分はぽろっと地面に落ちてしまっている。

純也は仕方なく、コーンの部分を急いで囓る。

「きっと奥に行けば水飲み場とかあるわよ。おいで」

里緒はソフトクリームを持ちながら純也の手を引いて、木々が生い茂る公園の奥に入っていく。

木々の生い茂る奥の方に、ちいさな水飲み場があった。里緒がハンカチを水で濡らして足元にしゃがんで拭いてくれた。

「まったくもう。来たばっかりで。あたしのパンツに気をとられているから。まあ、あたしの下着じゃあ、無理ないか」

「そういえばラベンダーだったね、里緒ねえ。同じ色だった」

からかうように言うと、里緒の手がとまった。

「悪い子ねえ。やっぱり見えたのね。もう許さない」

里緒はウフフと笑うと、ソフトクリームを持ちながら、器用に片手で純也のズボンのベルトを外して、ファスナーも下ろしてしまう。

「えっ、ちょっと……里緒ねえ……」

こちらが戸惑うのもかまわず、里緒はパンツの合わせ目をまさぐってきて、ことあろうに勃起した肉竿を指で露出させてしまう。

「な、な！　……まずいよ、こんなところで。人に見られるよ」

「大丈夫よ。竹林で隠れてるから小径《こみち》からは見えないわよ。わあ、すっごい、そんなこと言って、ここはもうガチガチじゃない」

里緒はソフトクリームを手にしたまま、片手で勃起を緩く握って、ゆったりと上下にこすってきた。

「うっ……り、里緒ねえっ」

細指でこすられると、甘い刺激に早くも全身をビクビクさせてしまう。

（ああ、いきなり外で手コキなんて……僕を困らせて悦んで）

やり方は慣れてないくせに、男を翻弄《ほんろう》するのが好きという小悪魔だから、すごく可愛いのだ。

こんな観光地で、しかも小径からそう離れていない場所だ。

不安を感じつつもスリルと興奮もあって、イチモツがみなぎっていく。

「ウフ。見られるとか焦ったフリして……おねーちゃんにシコシコされて、気持ちよさそうね。どう？　あたし、上手でしょ」

足元にしゃがんで手コキしながら、里緒がニヤリ笑う。

「で、でも……見られたら、里緒ねえも困るでしょ」

「いいのよ。だって、してあげたいんだもん。あたしも純也のオチンチン舐めたかったんだから……」

えっ、と思った。

(里緒ねえ、僕を困らせるためじゃなくて、ガマンできなかったの？)

上目遣いに見つめてくる目が、欲情に濡れきっている。

何をするのかと思ったら、里緒は持っていたラズベリーのソフトクリームをチンポに押し当て、舌で竿とクリームを同時に舐めてきた。

「うっ！　つ、冷た……あ、ああ……！」

生温かい舌とソフトクリームの冷たさが同時に敏感な部分を刺激してきて、腰がくだけそうになる。

（ソ、ソフトクリームフェラ……エッチすぎるっ）

白いクリームをまぶした男の性器を、いやらしく舐める里緒の目が、うれしそうに細まっている。

「純也のオチンチン、すごく甘くて美味しい……」

ねっとり言いながら、いやらしい舌遣いで、口の中を真っ白くさせながらも、舌腹で細かく根元から先端までをペロペロする。

ねろっ、ねろっ……ぬちゅ、ぬちゅ……。

ほとんどとけかかって、柔らかくなったクリームを頬張ってから、今度はそのクリームまみれの口で、そのままゆっくりと亀頭に唇を被せてきた。

「くううう！」

あまりの気持ちよさに、純也は大きく背をのけぞらせる。

ピンクのリップグロスを塗った唇が、勃起の表皮を滑っていく。

口端から白いクリームがだらだらとこぼれていく様が、まるでザーメンをこぼしているみたいでドキッとする。

(ソフトクリームと一緒に、里緒ねえの口の中でチンポもとけちゃいそう……)

そのとき、がさっと音がした。

ハッとして見れば、真理子が驚いた顔をして立っていた。

「な、何をしてるのっ……どこにいるかなと思って探したら、こんなこと」

真理子は呆然として、純也と里緒を交互に見る。

「ママ、どうしてわかったの、ここ。道から見えた？」

里緒が勃起から口を離して、真理子に尋ねる。

「そこの道のところに、抹茶のソフトクリームが落ちてたから……それにラベンダーのソフトクリームのシミもあったし、ふたりのかなあって。ちょっと覗いてみただけよ。でも、まさかこんなことしてるなんて」

困惑している真理子を見て、

(さすがにやりすぎたかなあ)

と、思っていた。

ところがだ。

「ねえ、ママ。もう少しで純也がエッチなクリーム出しそうだから待ってて」

里緒が悪びれもせず、またしゃがみ込んで勃起に指をかけてくる。

「り、里緒ねえ……まずいよ」

「ンフ？　どうして？　今日はふたりとも平等に純也の恋人でしょう？　早い物勝ちだもん。ママはどうせ、こんなことできないし」

その挑発で、うろたえていた真理子の眉が、ぴくっとしたのが見えた。

「そうね。純くんにエッチなことしてもらうの、平等の権利よね」

微笑みを浮かべる真理子の表情が、今までのいいお義母《かあ》さん的なものじゃなくて、淫らな感じでゾクッとした。

3

（うおおお！　何これ……おかしくなるっ！）

純也は竹垣を背にして、爪先から背筋から全身をゾクゾクと震わせて、夢のような快楽に身を委《ゆだ》ねていた。

右側にしゃがんで裏筋を舐めているのが、端正な顔立ちのクールビューティである娘の里緒。左側にしゃがんで、亀頭部をちろちろと舐めているのが、アラフォーとは思えぬ可愛らしい顔立ちの母親の真理子だ。

こんな美人の母娘が、一本の男根を奪い合うようにして、ふたりでフェラチオをしているのだ。

こんな現実離れしたことがあっていいのかと、ハアハアと息を荒げつつ、純也は恍惚に目を細めている。

「んっ、んんっ、んぐっ、んじゅぷ……」

里緒はくぐもった声を漏らしつつ頭を打ち振って、唇をさかんに滑らせながら、ときおり、純也の様子をうかがうように見あげてくる。

「んっ……んんっ……ウフフ。すごく気持ちよさそうな顔して……おねーちゃんのフェラがそんなに気持ちいいの？」

その横にしゃがむ真理子も、くりっとした目を細めて見あげてくる。

「里緒ったら……私にもこんなことさせて……でも、よかったわ。私のおクチと舌なら、早くイケるでしょう？　純くん」

「ママが勝手にやって来たんでしょ。恥ずかしいなら、先に帰っててもいいよ」

「そんなことしたら、あなた……純くんに何度もせがんで……だめよ、ママはもう純くんのおチンポ奴隷なんだから」

「お、オチ……え？」

清楚で上品な義母から淫語が飛び出して、里緒は大きく目を見開いた。

（マ、ママ……その言葉、気に入っちゃたの？　そんなこと、里緒ねえがいるところで言ったらまずいって）

焦っていると、案の定だ。

里緒がキッとこちらを睨んできた。

「ふーん、純也ってば……清純なママに、ずいぶんいやらしいこと仕込んでるじゃないの。この前まで童貞だったくせに。生意気っ」

次の瞬間、里緒のぷるんとしたピンクの唇が、先端を咥え込んできた。

生温かな口に包まれ、口唇の動きで竿をシゴかれる。

「くっ！　ああ、里緒ねえ……」

いきなりの快楽に純也は思わず天を仰いだ。

夕暮れの京都の空が、目の中に染み入るくらい赤かった。

もう、かすかに聞こえてきていた人の声も、すさまじい愉悦の前に気にならなくなっている。

昼間は蒸し暑かったけど、少しだけ空気が冷えてきた。

そんな冷たい外気にさらされているのに、性器だけは里緒の口の中にあって、温かい唾液と口腔で温《ぬく》められている。

さらに、だ。

真理子は真理子で睾丸を舐めしゃぶってきた。

快感が倍増されて、脚が立っていられないほどガクガクした。

(て、天国だ……)

目を閉じたくなるくらい気持ちいい。

「ウフフ……純くん、可愛いわ。うっとりして……ねえ、里緒。私にもそっちを舐めさせて」

ちゅぷっ、とチンポから口を離した里緒と交代し、今度は真理子が舌を伸ばして敏感な尿道口をチロチロと舐めてくる。

「あ、ああ……ッ!」

腰がひくつき、目の奥がチカチカした。

ねろっ、ねろっ、ぺろっ……ねろうっ……。

「う、気持ちいっ……おああ!」

気持ちよすぎる、と言おうとしたのに、真理子に根元まで咥えられて言葉が出なかった。

イチモツがマシュマロのような柔らかな唇に締められ、温かな口内粘膜と呼気にくすぐられて、とろけるような快感が押し寄せてくる。

「んふあん……んちゅっ……んんっ……なんだか、純くんのオチンチン、以前より硬い気がするわ」

真理子はペニスを口から外しながら、少し苦しそうな顔をする。

「だって、ママとあたしのふたりがかりだよ。こんな美人の母と娘に同時にオチンチンを舐められたら興奮するわよねえ、純也」

そう言いながら、里緒はチュッ、チュッと肉竿にキスしながら、会陰部にまで舌を這わせてくる。

真理子も根元を持って、唾液たっぷりの舌腹で舐めてくる。

れろっ、れろっ、れろっ、れろっ……。

じゅるっ、じゅるっ……じゅるる……ぬりゅ、ぬちゅ……。

左右から、唾液たっぷりの舌と唇で攻められて、もう意識も朦朧《もうろう》としてきた。ふたりのさらさらとした髪が、腹をくすぐるのも気持ちいい。

イチモツはふたりのヨダレまみれで、芯まで熱くなってきた。

見ればふたりは交互に肉竿を咥えている。唾液まみれの肉柱が美人の母娘の口を出たり入ったりしている。

「ンフッ？」

咥えながら真理子が見あげて、ゆったりと顔を打ち振ってきた。

くりっとした目が、

「気持ちいい？」

と尋ねているように見える。

「た、たまらないよ、ママ……もうチンポがとろけそう……」

満足したのか頬張ったまま、真理子がニコッと口角をあげる。さらに大きく唇を滑らせて根元まで咥えてくると、ジンとした甘いうねりが襲ってくる。

「だめっ。今度はあたし……」

交代すると、里緒は敏感な鈴口にキスをして、じゅるるとガマン汁を吸いあげてくる。

「うぐぐ……」

(こんなに、僕のチンポに夢中になって……まるで母と娘でキスしているみたいに見える……)

実際に舌や唇も触れ合っているだろう。

そう思っていると、

「いやん、ママ……あたしの舌まで吸わないでっ……やんっ……らめっ……」

「里緒だって……ママの唇に当たってるわ。ママにキスしちゃだめでしょ……はあんっ……んううんっ」

恥ずかしいと言いつつも、もう没頭しきっているのか、ふたりの唇や舌がくっついてしまうのもふたりは受け入れていく。

ふたりともしゃがんでいるからスカートがまくれて、里緒のラベンダーパンティと真理子の白いガーターベルトまで見えていた。

ふたりは、踵《かかと》にヒップを乗せて奉仕しているが、その尻がじりじりと、もどかしそうに揺れている。

(ママも里緒ねえも、チンポを欲しがってる……)

そんなふたりの仕草に興奮し、思わず腰を突き出してしまう。

「ンッ！　げほっ、げほっ……いやあんっ、純也っ……オチンチンの先が、私の喉を突いてきて……けほっ……」

里緒が涙目でキッと睨んでくるものの、すぐに気を取り直したように、大きく呑み込んで、グッと口の奥まで含んでいく。

そうして、今までになく、里緒は激しく顔を上下に動かしはじめる。

「んふ……んんっ……ンンッ……」

「ぬああっ、り、里緒ねえ、ちょっと……そんな、激しく……」

もしかして、乱暴にしたのが里緒の心に火をつけたのか。

真相はわからないが、里緒はそれまでとは違う強引なピッチで顔を動かして、表皮をシゴいてくる。

「くぅ、うう……あ、り、里緒ねえっ」

一気に限界へと追い立てられ、純也は首を振った。

里緒はイチモツからいったん口を離し、

「出そうなの？」

と、上目遣いに訊いてくる。

「う、うんっ……もう、だめっ……」

素直に言うと、里緒の切れ長の目がイタズラっぽく輝いた。

「ウフフ。まだ、だーめっ。ねえ、ママ。あたしと代わって純也にフェラして」

「えっ……？」

「え？　なんで、いいけど……」

真理子と純也は、顔を見合わせて不思議がる。

(なんで里緒ねえ、急にフェラをやめたんだろ)

そんなことを考えていると、里緒の後を受けついだ真理子が、いやらしくフェラをしてくるから、また頭がピンクに染まった。

その間に里緒は何をするかと思っていると、純也の後ろのまわり、ズボンとパンツを一気に下ろして、尻の狭間に濡れた舌を当ててきた。

「ひ、ひやあああ!」

里緒にお尻の穴を舐められている。

初めての経験と感触に、もう頭が真っ白だ。

「うわああ……り、里緒ねえっ! お尻なんか舐めたら汚い……うう!」

「ウフフ。さっき、おねーちゃんの喉をチンポで突いたでしょ。おかえしよ。お尻の穴を舐められて、ピュッ、ピュッしちゃいなさい」

次の瞬間……肛門にぬるりと生温かいものが差し入れられた。

舌だ。

里緒の舌が、アヌスをほじったのが感触でわかった。

(おおお……)

前から可愛いママにチンポを咥えられ、後ろの穴は超美人の姉に舌を入れられてくすぐられている。

「ひ、ひうっ……だ、だめっ……もう……」

前から後ろから恍惚をダブルで味わい、もうなすすべなく切っ先が決壊した。

「くあああ……」

ドクッ、ドクッ……。

激しい射精に見舞われて、意識が混濁して脚がふらついた。

なんとか真理子の肩をつかんで倒れないようにしながらも、爪先をぶるぶると震えさせて子種を真理子の口中に注ぎこんでいく。

（い、意識が、もう……）

脳みそまでほじられたような気持ちのいい射精だった。

やがて出し終えると、真理子が頬をふくらませたまま口をペニスから外した。

おそらく口いっぱいに精液があふれているのだろう、そのまま目をつむり、嚥下《えんげ》しようとした、そのとき……。

「あん、ママばっかりずるい。私も、純也のチンポ奴隷だもんっ。甘くて濃いやつ、飲ませてよお」

肛門から舌を離した里緒は、そのまま真理子の肩を抱くと母親に唇を重ねていく。

（え？　えええ？）

いきなり娘にキスされた母親の真理子が、目を白黒させている。

だがやがて、その背徳の興奮に身をやつすようにとろんと目を閉じて、

「んふっ……ううんっ……」

と、甘い吐息を漏らしはじめる。

見れば里緒の喉が、こくん、こくんと動いていた。

（まさか……ママの口の中にある僕のザーメンを口移しで飲んでるんじゃ……）

そのまさかだった。

飲みきれなかったのか、白い粘着性の精液が、里緒の口端からつぅーと垂れて、地面に落ちてたまりをつくった。

美人母娘がベロチューしているだけでも興奮だが、それが自分の精液の口移しのシーンだと思うと、震えるくらいの至福が心に宿る。

ふたりはゴクンッ、と呑み込んだ後、ようやくキスをほどいた。

「いやだわ……里緒っ……ママにキスして、純くんのものを吸い出すなんて」

「だって……欲しかったんだもん。純也の牡汁。飲むとアソコが熱く疼いて気持ちよ

くなるし」

里緒が腰をくねらせる。

(まさか、里緒ねえ……僕のを飲んでアソコを濡らしたんじゃあ……)

呆けていると真理子の方も、

「美味しかったわ……純くんのエッチなクリーム……甘くて……」

と、ぽうっと見つめてくるので、また精液を出したばかりのイチモツを熱くみなぎらせてしまうのだった。

4

旅館に帰り、部屋の夕食を終えたところだった。

「そろそろお風呂に入ろうよ」

里緒が同意を求めてきたので、純也はふたつ返事で頷いた。

恥ずかしそうにしていた真理子も、

「そうね、結構広かったし……三人でも入れるわね、確かに」

と、言ってくれたので、待望の混浴をすることになった。

どうせ裸になるのだから、一緒に脱げばいいと思ったけれど、それは恥ずかしいらしく、先に純也が旅館の浴衣を脱いで、内風呂でかけ湯してから露天風呂のドアを開ける。

大きな庇《ひさし》の下に岩風呂がある。

昼間に一度、下見がてら露天風呂は見ていたのだが、夜のライトアップは昼間とまた違う雰囲気がある。

「くうう……」

純也は風呂に浸かって、唸りながら思いきり脚を伸ばして、うーんとのびをした。

岩に背を預けて夜空を見あげる。

むわっとした湯気の中で星が瞬いている。

(まさかふたりと、恋人みたいなイチャラブ旅行ができるなんて……)

初めて出会ったのは去年の夏だった。

優しくて、そしてふたりとも超がつく美人で……そんなキレイな人たちとうまく暮らしていけるかどうか心配だった。

(それが、こんな関係になるとは)

先ほどのダブルフェラを思い出して、身体を熱くするものの、この旅行が最後で家族に戻るとなると寂しさが募る。

いや、でもやはり家族なんだから、いつまでも甘えた関係はまずいよな……。

湯を手ですくってバシャバシャと顔を洗った。

そのときだった。

「あら、素敵ねえ」

「ご飯も美味しかったし、ママ、いいとこ探したじゃないの」

話し声が聞こえてきたので振り向けば、ふたりは大きなタオルで胸から秘部までを隠しながら姿を現した。

ふたりとも髪が濡れないように、アップにしているので白いうなじが見えている。

温泉に白いうなじというのはよく似合う。

ふたりは岩風呂の横に来ると、片膝をついた淑《しと》やかなポーズをしながら、桶《おけ》で湯をくんで身体にかけていく。

（ぬわっ……フルヌードで見ると、ホントにすごい身体だな、ふたりとも……）

真理子が桶を取り、自分の身体に湯をかけてから、里緒にもかけてあげている。

なめらかな湯が、タオルで隠しきれない大きな乳房や、なで肩や腰のくびれ、まろやかなヒップ、むっちりした太ももを濡らし、ふたりの真っ白い裸体が一気に艶めいていく。

股間のモノが湯の中で持ちあがったので、純也は湯の中で股間に手を置いた。

ふたりがタオルを取り去り、露天風呂の岩場を跨《また》いで入ってきた。

そうしてふたりは湯の中を歩きながら、純也を真ん中にして両脇に陣取って、同じように岩に背を預け、ふうっと嘆息する。

「気持ちいいわ……家族水入らずね」

真理子がこちらを見て、ニッコリと笑った。

「私ね、男の子も欲しかったの。純くんが息子になってくれて、ママ、うれしかったわ」

母性を震わせる言葉にジンとしつつも、ボリュームたっぷりの双乳が、湯船で揺れているのを見ると、どうしても目が吸い寄せられてしまう。

アラフォーなのに下乳をぐぐっと持ちあげている張りが素晴らしく、トップの位置がかなり高い。

「ママ、今は純也の恋人でしょ。ほうら、純也なんか、ここをもうこんなに大きくしてるんだから」

里緒が目を細めながら、湯の中で屹立《きつりつ》を握りしめてくる。

「あっ……くうっ……」

あったかい指で勃起をシゴきつつ、里緒が身体を寄せてくる。

湯の中で乳房のぐにゅっとする弾力を感じてしまう。なめらかでボリュームある乳房を寄せられると、早くも勃起がビクビクと脈動してしまう。

（ああ……里緒ねえ、すごいボリューム……）

男好きする身体である。たまらなかった。

そうかと思えば、右から真理子も身体を寄せてくる。

（美しい人妻とゴージャスボディの美女を両側にはべらせて……）

男としてのハーレム状態だ。なんだかくらくらしてきた。

「やばい……もうのぼせそう」

「じゃあいったん出て身体を洗う？　ねえ、ママ、あたし純也にしてあげたいことがあるんだけど」

里緒はそう言うと、真理子に向けて口角をあげる。

「……いいけど、またママに恥ずかしいことさせるんじゃない？」

「でも、純也がすごく興奮することよ」

三人で岩風呂を出て、内風呂の洗い場に移動した。

「……ハア……よく考えるわね、里緒も……こんなこと……」

ため息を漏らしつつ、真理子は自分の豊乳にボディソープをたっぷりと垂らして両手で泡をこする。自分の乳房を弄ぶような動きに、以前の真理子のオナニーシーンを思い出してしまい、純也は唾を呑み込んだ。

「ママ、知らないでしょうけど、風俗店ではこういうプレイもあるのよ。はい、お客様……今日は極上の美女ふたりがお世話しますからね」

里緒は冗談めいた口調で真理子からボディソープのボトルを受け取ると、同じように乳房やお腹に塗りたくる。

真理子と違うのは、自分の股も泡まみれにしたことだ。

ソープに行ったことはないが、女性がおまんこをこすりつけて洗ってくれるプレイもあるというから期待してしまう。

純也は木製の洗い桶に座らされて、脚を開くように言われた。

「すごい……お腹にくっつきそうよ、純也のオチンチン」

里緒は泡まみれの身体で純也の脚の間に膝立ちして、そのまま自分から抱きついてきた。

（ぬおっ！）

温かな乳房が押しつけられて、股間がギンと漲《みなぎ》る。

首に腕をまわされて、ソープまみれの女体がぬるん、ぬるんと滑っていくと、言葉にできない快感が押し寄せてきた。

「ううんっ……純也のオチンチン、びくん、びくんって跳ねて、おねーちゃんのアソコに当たってるわよ。おねーちゃんを犯したくて、ウズウズしてるんでしょう。いけない子ねえ」

里緒は耳元でささやきながら、さらにシャボンまみれの裸体を上下に動かして、純也の胸板や股間を泡まみれにしてくる。

「背中が寒いでしょう？　純くん」

今度は真理子が背中に抱きついてきた。

（うわっ……もちもちのママのおっぱいが……背中に当たるっ）

乳房が背中でムニュとひしゃげる感触は、震えがくるほど気持ちよすぎた。

「ああ……ママ、里緒ねえっ……き、気持ちよすぎるよっ」

思わず声をあげずにはいられなかった。

女優やアイドルと見紛う美人母娘が、ソーププレイで全身を洗ってくれるのだ。

「ウフッ。ママ、純也がすごい顔してるわよ。魂抜けてるみたい」

「え……あ、ホント……やだっ、すごく可愛い……ああん、なんか……これって、洗ってる方もいやらしい気分になるのね、ううんっ……むううんっ……」

「あんっ、ホントね……乳首がこすれるからかなあ。それに純也にやらされてるみたいで……あたしも興奮しちゃう、ああっ……ああんっ……」

ふたりは鼻息を弾ませ、身体をくねらせるように動かしながら純也の身体をぬるぬるの泡に包んでいく。

「こ、こんなの……」

うっとり目を細めていると、里緒の美貌が目の前にあった。

顔を近づけると、里緒の方から唇を合わせてきた。

キスをしながら舌を差し出して、どちらからともなくディープキスに耽《ふけ》って、激しく舌をからめていく。

「ンン……ンフッ」

興奮しきっているのだろう、里緒のベロチューが激しすぎた。向こうから情熱的にしてくるのだから、もうなすがままである。

（ああ、気持ちいい……）

ふたりにサンドイッチされながら身体を洗われ、さらにはキス責め。もう息がとまりそうだった。

「あんっ、純くん……私も……」

背後から膝立ちした真理子が、おねだりしてくる。

その声が聞こえたらしく里緒はすぐに唇を離した。

今度は真理子の唇をとらえ、ぬんちゃ、ぬんちゃ、と唾液の音を立てながら激しいベロチューを繰り返す。

「ウフフ……ママとのキス、すごいエッチね。嫉妬しちゃう」

里緒のイタズラっぽい声が聞こえた。

次の瞬間、

「ンン！」

純也は体が強張り、舌を動かせなくなった。

真理子とチューしながら横目で見れば、里緒が泡まみれのおっぱいで勃起を挟み、谷間に埋めてきたのだ。

（なっ、パイズリっ……）

横目でチラッと見たが、初めてのパイズリの迫力はすさまじかった。

Ｆカップの巨大バストに男根はほとんど埋まり、亀頭部だけが顔を出している。

「あんっ、おねーちゃんのおっぱい、気持ちいいのね。オチンチン、すごく熱くてやけどしちゃいそうよ」

言いながら、里緒は両手でムギュとおっぱいを中央に寄せ、

「うんん……んんっ……」

と、鼻息を弾ませながら、上体を動かして勃起をシゴいてくる。

（ぐうう……き、気持ち……いいっ……）

シャボンまみれの乳肌が、ぬるりぬるりと男根の表皮をこすりあげてくる。

早くも尿道は熱くなってくる。

「やだっ……里緒ったら……いろいろ知ってるのね」

キスをほどいた真理子が呆れるように言う。

だが真理子は真理子で頬を窄《すぼ》めつつキスをしてきて、溜まったツバを純也の口の中に流し込んできた。

（なっ、ママが僕に唾を飲ませて……こっちもエッチすぎっ）

口の中では、義母の甘い唾液が混ざり、舌でシェイクされてクチュクチュといやらしい音が耳の奥に響いてくる。

（ああ、チューしながらのパイズリなんて……こんなの……もう……）

里緒の硬くなった乳首が亀頭部を刺激したときだった。

「ンンン！」

ゾクゾクした痺れに身を震わせる。

純也は真理子とキスしたままで、一気に欲望を放出した。

「キャッ！　熱いっ」

キスをほどいて見れば、飛び散ったザーメンが里緒のおっぱいやら、頬にべっとりと付着して、たらっと垂れてきていた。

「ウフフ。いっぱい出したのね。気持ちよかった？」

義母の声が、耳元をくすぐってくる。

その笑みを含んだ甘い声が、「私にもね」というおねだりのように聞こえて、純也はまた股間をふくらますのだった。

5

まだ少し濡れた身体のまま、三人は布団に移動した。

純也は仰向けになり、上に覆い被ってきている里緒の、張りのある豊かな乳房を揉みしだきながら、ちゅぱ、ちゅぱっ、と乳首をキツく吸い立てる。

「あんっ、純也っ……だめっ、そんなに強く……いやっ、あああッ」

と、里緒は女の声を漏らしてビクッ、ビクッと震える。吸いながら表情を見れば、せつなげに眉をたわめて、感じいった女の表情を見せている。

さらに責め立てようと、ねろねろとピンク色の乳輪のまわりを舐めてやると、

「あっ……あっ……」

いっそう里緒は眉間に縦ジワを強くきざみ、喘ぐような吐息を漏らす。

その鼻にかかったような甘い音色が色っぽくてたまらない。早くも勃起がみなぎってくるのを感じると、

「あんっ……純くん、あんなに濃いのを出したばかりなのに、またこんなに」

下半身には真理子がいて、肉棒を握りしめながら、チュッチュと亀頭部にキスの雨を降らせてくる。

「ああ……だって、ふたりともが可愛らしくてエッチだから……」

里緒の乳首を舐めながら言い訳すると、足元の真理子がウフッと笑った。

「いいのよ。何度でも好きなだけ出して」

「ウフッ……おねーちゃんのおっぱい、好きだもんね」

上になった里緒が、そう言ってくる。

「……里緒ねえが、エロい声出すからだよ。あんあん、しゅきって……」

言い返してやると、里緒は照れたような顔をした。

「あんた、言うようになったねえ。あっ……やっ……んうんっ……ああんッ」

ねろねろと乳首を舐めると、もう反論もできなくなったようで、里緒は大きくのけぞって、切れ長の目を細める。

「あん、純くん……また、オチンチン、ビクビクさせて……」

続けて、今度は真理子がシゴキながら、甘ったるく言葉をかけてくる。

(ママもエッチな顔にさせたい……)

純也は里緒の乳首責めをいったんやめて、

「……今から、それがママの中に入るんだよ。ちゃんとご奉仕してね」

と、ニヤニヤすると真理子は、

「もう……」

と、少女のように頬を赤く染めつつ、勃起を握る手に力を込める。

(ああ、ホントに天国だよ……)

だけど自分ばっかり気持ちよくなるのも悪い気がしてきた。

なんとかふたりを同時に気持ちよくさせられないかと、まずは左手を伸ばして、真理子の股の間にくぐらせる。

「あっ……」

真理子はビクッ、と震えて、勃起をシゴく手を休めてうつむいた。

義母のスリットに指を入れると、ぬらぬらしたものが指にまとわりついてくる。

何度もこすれば、

「ぁああ……ああんっ……いやあんっ……純くんっ……」

と、純也の下半身にしがみついてきた。

今度は里緒だ。

右手の指を使って、里緒の花びらを左右にくつろがせ、奥に指をぬるっと嵌め入れた。

「ああぁっ！　純也のエッチ……ママとあたしのふたりを同時にいじるなんて……あぁんっ……」

と、里緒がうつろな顔で見つめてくる。

（ダブル手マンで、同時にふたりを感じさせてるっ……）

母娘はどちらももう濡れ濡れで、受け入れ態勢ができている。

さらに両方の指で、ふたりの媚肉のざらついたところをこすりあげると、

「ああ、ゆ、許してっ……もう指はいやっ……純くんっ……」

「あああんっ、いやらしい……純也……もうダメッ……」

ふたりが欲しそうな顔を見せてきた。

もう一刻も待てなかった。

（あっ、でも……ゴム……）

確かカバンの中に入れてきたはずだが中断するのが惜しかった。

どうしようかと思っていると、里緒が口角をあげて、驚くことを口にする。

「このまま、生でしたいんでしょう？」

「えっ、だって……」

「いいよね、ママ」

里緒が言うと、真理子は小さく頷いた。

（ウ、ウソ……ふたりとゴムなしのセックス……？）

ふたりは布団の上で仰向けになって、素っ裸のまま股を開いた。

「ねえ、おねーちゃんに、生オチンチンちょーだい……」

「純くん、ふたりって同時にできる？　お願い……」

期待に満ちた表情で、里緒も真理子も瞳をうるうると濡らしていた。

（ぬおお……母娘のおまんこが並んで……と、桃源郷《とうげんきょう》だ）

純也は感動に打ち震えながら迷った末、先に里緒の中に挿入した。

「あん！　純也の生チンポっ、熱くて硬いっ……ああんっ」

里緒がのけぞり、大きな悲鳴をあげた。

（くうう……生だと里緒ねえのおまんこの狭さがよくわかる……すっげー、きつく締めてくる）

このまま一気に昇りつめたいという誘惑をなんとか振り切り、いったん引き抜いてすぐ隣の真理子の蜜壺に押し込んだ。

ペニスの切っ先が熟れた膣穴を押し広げて、温かな女の坩堝《るつぼ》に嵌まり込んでいく。

「あああ……いい……すごいわ、純くんっ……」

真理子は恥ずかしそうに顔を歪める。

並んで寝そべっている里緒が、真理子を見つめた。

「ママがエッチしてるときの表情……すごくいやらしいのね」

「あんっ、里緒っ……見ないで、恥ずかしい」

真理子が赤くなって顔をそむけると、急に膣がギュッと締められた。

「くっ……ああっ、ママ……いきなり締めてきて……恥ずかしいところを見られると興奮しちゃうんだね」

「あんっ……そんなこと言っちゃだめ……あっ、あっ……いやあっ」

勢いよく腰をぶつけると、真理子はすぐにかぶりを振り乱して、しまいには「どうしたらいい？」と、すがるような目を向けてくる。

(ママって仕草が可愛いなあ、ホントに……)

恋人同士のように義母を抱いて、そしてピンクに染まった乳房をギュッとつかみながら、もっと奥まで入れるように腰を動かせば、

「だめっ……だめっ、ああっ……あうんっ……ああっ……いやあんっ」

と、媚声を振りまき、潤みきった目を細めてこちらを見る。

もう一度抜いて、再び里緒の中にぬぷりと差し入れる。

「あんっ……あんっ……ぁぁあああ……」

里緒が顔を歪ませながら、震えている。

意識的なのか無意識なのかわからないが、里緒の方から腰を使いはじめて、搾り立ててくる。

(くうう、どっちも気持ちよすぎっ！)

ふたり同時に犯すという極楽体験で、いよいよ理性もきかなくなってくる。

全力で交互に抜き差しすると、

「いやっ、いやんっ、奥まで……純也でいっぱい……あううう！　も、もうだめぇえ」

「あ、ああ……あああっ……純くんっ……ぁあああ、イッちゃう……そんなにしたら、ママ、イッちゃうからあッ」

ふたりの美貌が、いよいよ切羽つまったものに変わってきた。

そして純也も同じように限界を迎えていた。

(抜かないと……外に出さないと……)

そう思いつつ、このままふたりの中に出したかった。

だけど、それはあまりに身勝手だ。

と、思っていると、里緒が汗ばんだ顔をしたまま、ウフフと笑みをこぼした。

「ウフッ。純也、おねーちゃんとママの中に出したいの？」

「え？」

図星を突かれて、ストロークのペースが乱れた。

「今、オチンチン、あたしの中でビクッとした。やっぱりね。おねーちゃんとママの中、すごく気持ちよかったから、種づけしたいんでしょう？」

「え、あ……う、うんっ……ガマンできないくらい、気持ちいいよ」

素直に言うと、里緒は真理子と目を合わせた。

ふたりは何も言わなかったが、微笑んだだけで何かが通じたようだった。

「いいよ、おねーちゃんとママの中に、純也の熱いの注いで……たくさん、ビュビュッとさせていいから」

まさかの返答に、純也は目を見開いた。

「いや、それは……だって……」

「ママたちに中出しするの、いや？」

真理子が訊いてきた。

「いや、全然！　むしろ……でも、いいの？」

訊くと、

「ママはもうね……そういう年齢でもないから……この歳だと、できにくいし……でも里緒は？」

真理子が言うと、里緒はわずかに不安な顔を覗かせた。

「正直、ちょっと怖いかな。ホントは生でするの初めてなんだよね。精液注がれるのって心配になっちゃう……でも最後だし……どうしても純也の熱いの、中に出して欲しい。あとでピル飲むから……ママ、いいよね」

珍しく弱音を吐くものの、里緒も決意は固いようだ。

「そこまで言うなら……いいわ。ねえ、純くん……一度だけ……私たちの中に子種を注いで……心配しなくていいから」

ふたりの熱い視線がからまった。もう欲望はとまらなかった。

まずは真理子の中で激しく突きあげ、いったん抜いてから里緒にも激しく奥まで突き入れる。

「あんっ、あんっ、あんっ、イキそう……純也、あたし、イッちゃう……」

里緒がとろんとした双眸で見つめてくる。

亀頭の芯が熱く滾って射精欲がこみあがっている。

「ああ、出るっ、出るよ！」

言いながら、里緒の中で一気に爆《は》ぜた。

「あ、ああんっ……きてるっ……純也のザーメン……あんっ、こんなッ……すごく熱くて……幸せっ」

ガクガクと震える里緒を尻目に、出し尽くす直前の肉棒を、今度は真理子に突き刺して、そのまま二発目を出そうと腰を振る。

「あぁああ！　あんっ、あんっ……続けてするの？　ああん、イクッ……お願い、ちょうだい……ああっ、出して……」

真理子が抱きしめてくる。

今出したとは思えぬほどの勢いで切っ先がふくれ、また、すぐに決壊した。

「アアアアッ……私にも……きてるっ……あんっ、すごい量……」

恍惚とした表情で、真理子が叫んだ。

なんとか母と娘に注ぐことができてホッとした。

純也は出し尽くすと、力なく、そのまま布団に大の字になった。

「ウフフ、頑張ったねえ、純也。おねーちゃんのおまんこ、純也のオチンチンでとろけちゃった。ねえ、朝もしよ。いいでしょ？」

「大丈夫？　純くん……頑張ったのね。ありがとう。大好きよ」

真理子と里緒が身体を寄せてきて、交互にチュッとキスしてくる。

ふたりの太ももから白い体液が流れるのを見て、確かに頑張った甲斐があったなあと、奇妙な至福に包まれるのだった。

エピローグ

「ただいまあ……」

大きな荷物を抱えて、純也はようやく自宅に戻ってきた。

「あれ？　早くない？　どーだったのよ、岬《みさき》ちゃんと。ちゃんとエッチできた？」

ちょうど里緒が、アイスを咥えてリビングから出てきたところだった。

「それは……まあ、あとで言うから。そのアイス、まだあるの？」

「ざーんねん。これが最後。ママぁ、純也、帰ってきたよ」

一緒にリビングに入っていくと、真理子がキッチンから出てきて微笑んだ。

「早かったのね。楽しかった？　岬ちゃんとの沖縄旅行は」

「うん、まあ……」

純也は言葉を濁して返答する。

母娘とのイチャラブ一泊旅行から二ヶ月が経っていた。

純也は義母と義姉とのことをふっきろうと、彼女づくりに奔走した。

元々、女の子と話すのが苦手だったから、苦労するだろうなと思っていたが、意外にあっさりと付き合うことができた。

真理子や里緒と日々接しているから、いつの間にか女性に慣れたのだろう。

付き合うことになったのは、岬という同級生で気立てのよい子だった。

そして初エッチをする約束で旅行に出かけ、帰ってきたというわけである。

「暑かったでしょう、沖縄」

「そういえば、ちょっと灼けてるね。で、どうだったのよ、早く言いなさいよ」

ふたりが期待に満ちた目をしている。純也は言った。

「……別れてきちゃった」

「はあ？」

と、ふたりは呆けて顔を見合わせる。

「えっ、ど、どうして……？　もしかしてまた二股とか、かけられてたの？」

「ヤリまくって、岬ちゃんが怒って帰ったとか？」

ふたりが心配してくれるが、残念ながらどちらも的外れだ。

「違うよ、その……僕から言い出した」

「なんで？」

「なんでって……もちろん、ママと里緒ねえの方が好きだから」

素直に言うと、ふたりはやれやれとため息をついた。

「だから、それはだめだって……わかってるでしょう？　純くん」

「わかってる。いろいろ考えたよ。もう諦めようと思ってた。だけど、こんなに好きになったことないんだもん。ねえ……家族で恋人、っておかしいかな」

考えていたことを言うと、ふたりは首をひねった。

「家族だけど恋人みたいにエッチもする。父さんから奪うとか、そんなんじゃなくてその……」

「なんだかセフレみたいで、都合よく聞こえるんだけど」

アイスを舐めながら里緒が笑う。

「ち、違うよっ。もちろん身体だけでなく心も通じて……好きなんだよ。絶対にふたりを幸せにするから」

「幸せ、と、きたかあ。愛の告白はずいぶんストレートねえ。でもふたり一緒なの？」

「だって、どっちかなんて選べないから……」

里緒と真理子がまた顔を見合わせた。

「そうね、純くんも同じ気持ちなら、仕方ないわねえ」

「ママ、やっぱり……」

「へ？」

思っていたのと違う返答で、純也は虚を突かれた。

「私たちもホント言うと、あなたに抱かれたいと思っていたのよ。それでも家族の絆は変わらないでいられるかなって」

ふたりがクスクス笑っている。

一世一代の告白で、どんなに拒絶されても頑張ろうと思っていたのに、思わぬ肩すかしで純也も苦笑するしかなかった。


寝室のベッドの上。

美しい義姉と義母はふたりで重なり、純也にヒップと股ぐらを晒していた。

四つん這いで上になっているのが義姉の里緒で、下になって股を広げて組み敷かれているのが義母の真理子である。

ふたりとも生まれたままの姿で、ゴムなしセックスで純也に交互に貫かれていた。